Silvia Adela Kohan

AVA LO DIJO DESPUÉS

GRAFEIN EDICIONES

Primera edición: marzo de 2003
ISBN: 84-932135-4-3
Depósito Legal: B-8927-03

Fotografía de portada: Age-Pedro Coll

Apartado de correos 5689
08080 Barcelona
E-mail: escribir@telefonica.net

Impreso en España, CEE. Printed in Spain.

Maquetación e impresión:
Delcom Vision

Si no puedo conmover
a las potencias celestiales
moveré a las del infierno.
Virgilio

Ava sufre un impacto

Por primera vez, Ava contó solamente lo que vio. De lo que sintió no dijo nada.

Mientras murmuraba: «Mi vida es siempre igual», con las uñas recién esmaltadas encendió el televisor. Se acercó a la pantalla y comparó sus manos con las de la presentadora a la que su marido elogiaba, pese a las pecas típicas de los judíos, como remarcaba él.

Igual que cada segundo jueves del mes en los seis años que llevaban casados, su marido estaba por volver de viaje.

Los jueves restantes cenaban con otras parejas vinculadas a la empresa de él. Semana tras semana, Ava aprendió a reconocer el estado de ánimo de un cónyuge con respecto al otro por su tono de voz, más punzante o menos, enfático o resignado, con que corroboraban o rebatían las mutuas opiniones, lo cual la llevó a hablar poco y a diferenciarse de las otras mujeres al no completar a favor ni en contra las frases de su marido. Por hábito y sin demasiada convicción, ocupaba horas en un instituto de gimnasia, con mujeres de su edad que le resultaban idénticas, de músculos duros y brillantes, bajo el mismo olor a aceite especial.

Los fines de semana iban al club, donde él jugaba tenis y ella se preguntaba –sin encontrar respuestas y tumbada bajo el sol– si alguna vez lograría sentir cosas como las que imaginaba, y si las sentiría de la cintura hacia arriba o de la cintura hacia abajo. Según su amiga Gladys, las mujeres tenían la obligación de experimentar con todo el cuerpo, ella se examinaba entera en el espejo con la secreta esperanza de encontrar una fórmula. Usaba el olfato para descubrir el camino, aspiraba hondo el perfume de las cremas que elegía, se preparaba con la mejor disposición cuando su marido se le acercaba en la cama. En una ocasión, le asaltó el deseo de hablarle de eso, pero sintió vergüenza. Tumbada en el sofá, repetía los ejercicios de inglés que estudiaba por si viajaban al extranjero y que pronto interrumpía atrapada por alguna revista, el cabello abundante de una modelo o la tela de la camisa, se concentraba en las fotos, *camisa de algodón de Max & Co., labios satinados con pintalabios Rouge Miroir nº706 de Givenchi*, observaba el gesto de los labios con atención, lo imitaba, pasaba a la otra página, a las piernas y el modo de separar las rodillas ligeramente, los pies paralelos, *zapatos negros de Prada con cierre en los tobillos*, daba vuelta la página, adivinaba que la modelo tenía una expresión triste, a pesar de mostrar un gesto desenfadado acorde con *el chaleco de Diesel y los vaqueros de Replay*, deseaba que las fotos no acabaran nunca, y volvía a los libros de ejercicios hasta que encendía el televisor.

Se dirigió hacia el baño principal balanceándose como una modelo y dándole vueltas a una frase de Gladys: «Vivir no es cruzarse de brazos.» Echó una mirada sin mirar a través del ventanal que daba a una de las calles más caras de Buenos Aires, y atravesó el salón rápidamente porque le producían extrañeza los muebles y los cuadros, elegidos y dispuestos por su marido. Dijo después que sintió repugnancia al tirar la colilla del cigarrillo al váter, copiando, sin proponérselo, un hábito de él. Agregó (admitiendo que podía ser un impulso posterior a ese instante) que la traspasó un ansia de acercar la colilla encendida a las cortinas, de incendiar el salón.

Se lavó las manos, examinó el óvalo de su cara, se roció las mejillas y la frente con un algodón empapado en tónico, desempaquetó un gel humectante, leyó el prospecto y se lo extendió alrededor de los ojos con golpecitos leves, llenando el tiempo hasta que el marido llegara, aunque sin ningún deseo particular de que llegara –otro hábito, tal vez– encerrada entre los límites de un espacio ajeno, aunque propio, su espacio propio le resultaba ajeno, dijo después, los estantes de cristal italiano que atestaba con frascos de cremas diurnas y nocturnas; incluso el espejo que la retenía en ese momento. Más ajeno por la noche, en que subía el volumen del televisor para alejar el temor al silencio y no acabar refugiándose en casa de su madre.

Se recogió el pelo con una cinta de lana, separó ligeramente las rodillas, puso los pies paralelos como la modelo, se miró en el cristal de la puerta. Intentó elaborar una lista mental de las personas que hubiera querido que la vieran como ella se estaba viendo, pero la lista quedó en blanco; a continuación, intentó hacer un inventario de lo que le gustaría experimentar, pero le resultó imposible.

Empujó la puerta de la cocina, se sirvió un zumo, cortó unas rodajas de pepino, les echó unas gotas de limón y con un trozo de queso rellenó un bocadillo; los acomodó en una bandeja y volvió al dormitorio. Apoyó la bandeja en una mesa baja. Se reclinó contra unos cuantos cojines apilados sobre la almohada.

Se dispuso a comer frente a la presentadora que finalizaba las noticias informando sobre un verano anticipado en todo el país. La imagen mostraba las playas anormalmente concurridas para la época. Iba a cambiar de canal cuando la cámara enfocó una sombrilla: bajo la sombrilla, una pareja, el hombre apareció en primer plano y, aunque la cámara pasó fugaz, Ava reconoció a su marido.

Se llevó una uña esmaltada a la boca, se mordió el dedo hasta lastimarse. Pegó un salto.

Ava Lacalle había sido una jovencita amarilla de tanto teñirse el pelo porque su madre soñaba con Marilyn Monroe, aunque le puso de nombre Ava por Ava Gardner. La perseguía diciéndole que debía moverse con más gracia, juntar más las rodillas, cepillarse el pelo todas las noches, no echarse de ese modo en el sofá.

Cuando conoció a su marido se convirtió en pelirroja para acceder a sus deseos.

Raspó la uña con los dientes, escupió el esmalte, se lamió el dedo. Oprimió el paquete de cigarrillos sin parar de fumar. Esperó a que la presentadora, a quien se aferraba ahora como a un pariente, le proporcionara alguna pista, el nombre de la playa, la hora, imaginándose que los datos conocidos podían atenuar el impacto.

Pasó canal tras canal, loca por saber cómo era la mujer que compartía la sombrilla con su marido. Dijo después que –pese a su alteración– enseguida se había dado cuenta de que eso era lo que más le importaba.

Buscó en vano.

Sin quitarse el esmalte de las uñas restantes, Ava corrió a casa de Gladys. El televisor quedó encendido y la bandeja intacta.

Beatriz sorprende a la novia de su hijo

Sin abandonar el abultado bolso que le colgaba del hombro, Beatriz llamó por teléfono a su amigo, pero no pudo comunicarse. Tras ocho horas como recepcionista en una clínica, más casi dos entre viaje y supermercado, se cambió los zapatos, se friccionó los pies, echó un vistazo a la habitación de su hijo, se sacó el colgante y los pendientes, marcó por segunda vez el número de su amigo sin resultado, encendió la radio, miró la hora, la apagó.

Se puso a picar cebollas frente al televisor. Cada tanto, levantaba la cabeza, se frotaba los ojos y seguía las escenas. Moviendo apenas los labios, repetía de memoria el texto de los anuncios y las canciones a viva voz. Cubrió con la cebolla la pasta, le agregó tiritas de queso, tres huevos batidos, sal y pimienta, y la metió al horno; calculó que estaría cocida al finalizar el telediario. Sumergió la vajilla en detergente. Prestó atención al resumen inicial, sentada en el borde de un banco, a la vez que estiraba ambos brazos, colgándose de una barra imaginaria, y efectuaba rotaciones con el cuello.

Controló la tarta sin moverse de su sitio, apoyó el codo sobre la mesa y la barbilla sobre el puño, al tiempo que enfocaban a un hombre y una muchacha en la playa. Se irguió. La muchacha apareció en un segundo plano, más atrás que el hombre, y la cámara pasó veloz, pero Beatriz –asombrada– alcanzó a identificar en ella a la novia de su hijo. Las imágenes correspondían a esa mañana. Beatriz constató que la chica se había ido de viaje el lunes.

Azorada, apagó el televisor al escuchar que entraba el hijo. Dudó, fue y vino inquieta, pero no se lo contó. Sin explicarse la razón, se alegró de tener un secreto vinculado a Cristina.

–¿A qué se debe esa cara? –le preguntó el hijo, a la vez que revisaba la nevera.

–Cosas de la vida –dijo Beatriz, alcanzándole un trozo de queso en la punta de un cuchillo–. En media hora cenamos.

Beatriz siempre había aparentado menos edad de la real. Se había divorciado al nacer su hijo. Después, había tenido innumerables romances. Más que madre e hijo, parecían hermanos o amigos.

Se metió en la bañera, se dio un largo baño de inmersión, aprobó la lozanía de sus pechos, se enrolló una toalla a la altura de las axilas, echó la cabeza hacia abajo, se cepilló la melena, la untó con una espuma moldeadora y la envolvió en otra toalla. Se calzó unas zapatillas y buscó un cigarrillo por toda la casa. Encontró uno casi entero, aplastado en el cenicero, al que el hijo –que estaba concentrado en un vídeo– le había dado dos caladas, y lo encendió.

Sonó el teléfono, que Beatriz se apresuró a atender suponiendo que era su amigo de turno al que consideraba «un hombre a mimar», según su propia clasificación reforzada por los libros de autoayuda que le prestaba una compañera de la clínica. Se alegraba de que no lo podía incluir en absoluto entre los tipos «expertos en manipular a las mujeres», que figuraban con los diagramas y las explicaciones correspondientes: el timador aprovechado, el vampiro tenorio, el incomprendido o el gallito. Carraspeó antes de hablar y se sintió encantadora.

Pero era la novia del hijo que acababa de regresar.

–Cristina vendrá a cenar.

–Me pudiste haber pasado la llamada.

–No me lo pidió –le contestó Beatriz mientras se echaba desodorante en las axilas. Se le acercó con el brazo en alto y le preguntó si era un aroma demasiado dulzón. Él lo olió y bajó apenas las comisuras de los labios como respuesta mientras ella se quedaba rumiando qué lugar de la clasificación o a qué tipo de temperamento masculino (de los que aparecían en la *Cuerpomente*) correspondía su hijo.

Beatriz no acababa de acostumbrarse a la actuada indiferencia con que el hijo se dirigía a ella ni recordaba desde cuando lo hacía. La confundía con su actitud. Para ella, coquetear era un hábito, pero el héroe era su hijo.

Él sí lo tenía claro. Había virado de la entrega al fingido desinterés el día que cumplió catorce años.

Hasta ese momento, Beatriz compartía con el hijo el paseo en bicicleta hasta la plaza central del pueblo al que unos parientes los invitaban cada verano. Al hijo le parecía que todo el pueblo estaba pendiente de ellos dos y él se enorgullecía de la madre atractiva. Amarraban las bicicletas a un árbol, pedían un chocolate con churros en la cafetería de la plaza y conversaban largo rato inmersos en su mundo.

Una de esas tardes, la cadena de una de las bicicletas se soltó, la madre ocupó una mesa mientras el chico la ajustaba y se demoraba en el lavabo quitándose la grasa. Al volver, el hijo se encontró con la espalda de un hombre inclinado hacia su madre que lo escuchaba tan absorta como solía escucharlo a él. Pensó que se trataba de uno más y que le duraría un día o dos, pero la absorbió el resto de las vacaciones y más tiempo. En su fantasía, se sintió humillado y la relación entre ellos nunca volvió a ser igual.

Antes de extender el mantel, Beatriz volvió a llamar a su amigo, le respondió el contestador, colgó, y esperó. Se quedó pensando en un hombre muy joven que había visto esa mañana en el metro. No sabía bien por qué, pero al fijarse en un hombre, no podía dejar de imaginarse si se iría a la cama con él o no, le examinaba los zapatos y lanzaba su veredicto. «Tal vez, lo hago para poder ocupar mi cabeza cuando me siento ansiosa, como ahora, o porque por los zapatos podría reconocer al príncipe azul y aún lo espero», se dijo restándole importancia a su jugueteo.

Marcó nuevamente el número de su amigo, escuchó y no dejó ningún mensaje. A continuación llamó a Gladys, a quien había conocido hacía unos meses en la clínica, y la invitó a cenar.

Cristina busca argumentos

«¿Acaso un comentario puede cambiarnos la vida?», se preguntaba Cristina mientras crecía su desazón. Sintió que si no actuaba a tiempo perdería algo importante, que la fatalidad la había conducido a ese hombre por alguna razón.

El modo en que el hombre casado –como ella lo llamaba– lanzó el comentario le revolvía las entrañas y persistía como un sabor repugnante que cuesta eliminar. Estaban en la playa; después de preguntarle si se comía las uñas, le dijo que sus manos le recordaban a las de una chica que dejó de ver al enterarse de que era judía, «igual que si hubiera sido otra variedad similar», había añadido. Recordó Cristina que el hombre bajó la voz al pronunciar «judía», como si la palabra le quemara en la boca, hizo un gesto de desprecio con la mano y miró a su alrededor con un amago de temor. Agregó que eran atormentados y peligrosos, y que tardó en quitarse la sensación de asco que le produjo confirmar que la chica lo era, que le asqueaba la piel lechosa, los ojos transparentes, aunque lo enloquecían las pelirrojas, «que abundan entre los judíos», dijo, refiriéndose a una judía de Buenos Aires o de Nueva York.

Para satisfacer su inmediata inquietud, Cristina le preguntó si podía distinguir a un judío del que no lo era y él le respondió que los detectaba por las uñas y por el olor, que así había detectado a la chica. Inmediatamente se distrajo, se adelantó curioso siguiendo con la vista a un cámara de la televisión, sin adivinar que acababa de filmarlos, mientras Cristina se olía las manos, los brazos, la camiseta.

Haciéndolo caer en la trampa, lo atrajo hacia ella y le exigió perentoria que la oliera profundamente, lo incitó a aspirarla hasta el final, hasta dejarlo exhausto. Rodearon la sombrilla con las esterillas, él tanteó suavemente con la yema del índice las pequeñas ampollas que el sol le había provocado a Cristina entre los pechos, y la acarició, al tiempo que celebraba su aroma a frutas. A pesar de que sus dedos la relajaron y su cuerpo se exaltaba, no consiguió borrar de su mente la expresión hostil del hombre.

Su naturaleza rebelde la instigaba a lanzarle que era judía en el instante de su máxima excitación, gritarle que sus padres y sus tíos lo eran, que le encantaban los *varénikes* de su abuela, aunque nunca lo había atribuido a una preferencia de raza y que su abuela olía a jabón de tocador. Pero se contuvo. Su prudencia le advirtió que él la heriría. Además, necesitaba tomarse un tiempo para analizar por qué era judía, en qué consistía la diferencia, por qué muchos como él lo machacaban como una condena.

El resto de la tarde la pasó recluida en sí misma, antes de tomar el avión de vuelta a Buenos Aires.

Camino del aeropuerto, repasó sus conocimientos inmediatos: «Podría decirle que Freud era judío, pero él estará en contra del psicoanálisis; podría decirle que Marx era judío, pero él es antimarxista; podría decirle que Einstein era judío, pero para él todo es absoluto. Ni hablarle de Kafka, dirá que sólo un repugnante judío fue capaz de convertir un hombre en cucaracha».

Sin conocer todavía las razones, persistía ferviente el deseo de enfrentarlo, pero entendió que carecía de argumentos.

Gladys confiesa sus necesidades

Había encendido el televisor para sentirse acompañada, pero iba y venía sin prestar atención a la pantalla. Se inclinó sobre la ventana que daba a un patio interior intentando escuchar la conversación de los vecinos, sólo se escuchaban rumores mezclados a una que otra carcajada y al sonido de la vajilla e imaginó que serían felices, en una casa igual a la suya. Curioseó como si no lo conociera, el mismo saloncito que había adaptado a sus impostergables necesidades de vivir sola, unos quince años atrás, cuando ninguna de sus amigas lo soñaba. A la izquierda, una pared de libros desordenados, entre los que destacaban los que habían sido su Biblia, y que al volver a verlos desde su nueva perspectiva pensó en vender; a la derecha, un corcho que contenía postales, números de teléfono, noticias de periódico, fotos, ecuaciones, críticas de cine, entre los cuales establecía rutas imaginarias: colocaba al que escribió la postal en el centro de una noticia, le otorgaba la cara del de una foto, y así hasta quedar exhausta. Pero no consiguió entrar en el juego esta vez. Su cabeza estaba llena de reclamaciones al mundo como para que pudiera circular entre esas señales. Debajo, una mesa que había sido de su padre, con su primera máquina de escribir, una silla ergonómica rodeada de cojines gigantes sobre el suelo encerado. En la pared opuesta, la ventana contra la que se apoyó mascullando que nadie la necesitaba, cuando la llamó Beatriz para invitarla a cenar. Casi simultáneamente llegó Ava. Gladys le miró las uñas raspadas y adivinó que algo pasaba.

Ava tomó el mando del televisor, que estaba en la habitación contigua al saloncito, pasó un canal tras otro por si repetían el informativo, mientras le decía lo que había visto y no visto, tendida en la cama, un somier sin cabecero que conocía de sobra.

Gladys tardó en reaccionar, todavía metida en sus elucubraciones: «¿Beatriz me habrá invitado porque le resulto imprescindible en esa cena? ¿Para alguien lo soy? ¿Ava ha venido a verme porque necesita mi opinión o para descargar su rabia? Aunque no es precisamente rabiosa como se la ve».

–Decime algo, Gladys –insistió Ava, al ver que su amiga la contemplaba con las cejas en alto.

–Lo que cuenta es que a pesar de todo tu marido a su manera te necesita y regresa a casa.

–¿Eso es lo que importa? Pero si nunca simpatizaste con él.

–Da lo mismo, ahora dudo de muchas cosas. Casi te diría que resulta conveniente conservar a un marido, ¿le dirás que lo viste?

–No –dijo Ava, sin saber discernir los motivos por los cuales no deseaba hacerlo. Se sentía rara. Después de esa conversación intentó rescatar el sentimiento que la presionó a no desenmascarar ese estado nuevo que la impulsaba a callar. Tuvo claro que no fue el miedo y que las cosas dejaban de ser sólo blancas o negras para ella.

–Me parece mejor. Hacete la tonta, no lo ataques como lo haría cualquier mujer, no le montes un escándalo, ni te muestres herida. Se mostrará sorprendido, como lo haría cualquier hombre, negará todo y, si te ponés pesada, es posible que se dedique a la otra, no importa quién sea... –continuó, en contra de lo que Ava deseaba escuchar y sin sospechar hasta qué punto cambiaría su amiga a partir de ese momento.

Ava pensó: «Gladys ya no es la misma». Algo empezaba a dejar de ser igual en su vida. Se alegró de haberle contado sólo lo que vio y no su íntima necesidad ni sus deseos inmediatos. Supo que tenía que inventarse una nueva ruta a seguir. Todavía no sabía cuál. Con el tiempo, tendría muy claro qué clase de hombre desearía a su lado, así como Gladys se conformaría con cualquiera que le mostrase una cara amable.

Gladys y Ava se habían conocido en la escuela. Gladys había sido la que proclamaba el amor libre, la que ensalzaba las ventajas de las pasiones «cama afuera», la que renegó del matrimonio y se dedicó a la investigación científica como demostración de que las mujeres no sólo eran buenas madres, maestras o enfermeras, usaba el pelo cortado al ras y coleccionaba rompecabezas. Había luchado para que Ava no se tiñera el pelo de rubia a pelirroja, sin conseguirlo, algo que ahora le parecía una cuestión secundaria.

Mientras le decía que Beatriz la esperaba a cenar, Gladys le alcanzó el quitaesmalte a Ava, se anudó un pañuelo al cuello, se puso colorete, se echó una nube de colonia de buena calidad y se retocó las cejas con un peine pequeño. Ava guardó el frasco en el bolsillo de la chaqueta sin pensar lo que hacía, buscó un klínex en su bolso, se lo pasó a Gladys por los pómulos hasta eliminar el exceso de colorete, que se dejó hacer dócilmente. Diciéndose que podía necesitarlo, le apuntó el teléfono de Beatriz en un papelito y le remarcó que la mantuviera informada en cualquier caso, porque le notaba una alteración desconocida.

Tomaron dos taxis en direcciones opuestas.

Cristina se distiende en la cena

Después de la movilización que habían desencadenado en ella las afirmaciones categóricas del hombre casado, Cristina experimentaba lo que suponía habría experimentado una heroína de la resistencia. Venía del aeroparque y estaba esperando el autobús tan metida en su papel que se veía avanzando por un paisaje color sepia, entre gente sin cara que huía, perseguida por un fantasma. Recordó a esa judía juzgada por la Inquisición, que se negó a renegar de sus creencias aun sabiendo que la echarían a la hoguera, y vio al hombre transformado en el inquisidor.

Acababa de llamar por teléfono a la casa de su novio, le había atendido su madre, le dijo que iba hacia allí y apuró el paso deseosa de escuchar la opinión de alguien no implicado en el tema –el hijo de Beatriz, ahora.

Se distrajo pensando en él a medida que avanzaba entre los paredones de las fábricas cercanas a la casa. Su noviazgo era un biombo que tapaba otras necesidades suyas. Él lo sabía, pero no preguntaba. Ambos coincidían en su concepto particular de fidelidad. «Ser amante de alguien», le había dicho Cristina de entrada, «es un acto de libertad, no de infidelidad, se es fiel en otros aspectos». Estaba convencida de que a él le daba casi igual, cuestionaba sólo aquello que le dañaba directamente.

Cristina y el hijo de Beatriz se habían conocido en un encuentro al aire libre convocado por un dudoso patriarca impulsor de la aceleración del tiempo, acción que pretendía demostrar a través de montajes trucados: en aquella reunión les repartió un brebaje según él activador de los sentidos. Tras la ingestión, Cristina se sumió en un sueño pesado durante el cual la hubieran manipulado a su antojo, si el hijo de Beatriz no la cargaba en su espalda y se la llevaba. La vio al pasar, como a muchos más, tirada sobre la colchoneta de plástico que les repartieron con el brebaje. Le llamó la atención el ligero temblor de sus manos y el contraste entre sus uñas cortadas al ras, el cuerpo frágil y su vigorosa cabellera rojiza. Por eso intentó despertarla. Como ella no reaccionaba, la cargó hasta un dispensario. Al abrir los ojos, Cristina percibió los dedos fríos de él en su frente y vio una cara angulosa sobre la suya. Se miraron con curiosidad.

Le explicó que la había encontrado medio inconsciente. No supo qué más decirle y la invitó a su casa. Beatriz había salido con un pintor que acababa de conocer y no volvería hasta la noche siguiente.

De entrada, a Cristina le satisfizo que él no hablara más de la cuenta, que no preguntara ni pidiera.

Lo que en otro podría haber sido abulia, era lo que apreciaba en él.

Le faltaba poco más de cien metros para llegar. Se soltó el pelo, que traía enroscado en la coronilla, echó la cabeza hacia atrás y la sacudió a izquierda y derecha, con los dedos abiertos repasó la melena, que dejó caer sobre los ojos, un gesto habitual cuando estaba concentrada en un tema escabroso. Al llegar frente al edificio, se pasó por los labios un gel con sabor a frambuesa que traía en el bolsillo y abandonó el pomo casi vacío junto al borde de la acera.

El hijo de Beatriz seguía mirando el vídeo tras la puerta entornada. La actriz decía: «Pégame, ya te he dicho que me pegues, cerdo». El hijo de Beatriz dijo: «Así me gusta». La actriz agregó: «Más». Y empezó un jadeo. Beatriz se preguntó si Cristina se quedaría esa noche a dormir con su hijo y si con el hombre que la vio en la pantalla también se acostaría y cómo. Él rebobinó el vídeo, se repitió la escena. Beatriz se bebió dos vasos de agua de un trago.

Cristina buscó en su mochila el regalo que le traía. Apuró el paso y subió en un suspiro las escaleras hasta el quinto piso. Eran casi las once. Detrás de ella, sofocada, subía Gladys.

Durante la cena, Gladys abrió apenas la boca. Beatriz sospechó que la atacaba una de esas depresiones que la condujeron a la clínica, pero Gladys estaba distraída pensando en lo que le había contado Ava. Más que la anécdota, analizaba una señal que había creído captar en la reacción de su amiga, un indicio difuso, pero indicativo, de que Ava no recurría a ella como solía hacerlo normalmente (esperando su aprobación o temiendo su desaprobación las pocas veces que tomaba decisiones por su cuenta), sino que, al contrario, ahora parecía eludir cualquier intromisión. Se hundió en la silla, molesta.

En cambio, Cristina se había distendido con el vino y estaba locuaz, y Beatriz se preguntaba molesta cómo podía soportar su hijo una voz tan masculina. Desvió la mirada al ver que él le deslizaba un dedo por el cuello, y se dirigió a Gladys. Disimuló su alteración cuando su hijo le puso a Cristina un trozo de tomate en la boca, Cristina se limpió los labios con la punta de la lengua.

Beatriz pensó fugazmente que con ese ademán habría conquistado al hombre del telediario, se propuso averiguar qué producto tan natural usaba Cristina en los labios, tuvo la tentación de ir a hurgar en su mochila, pero descorchó una botella de cava y brindaron porque era el cumpleaños del hijo.

Ava se desprende de lo habitual

Al volver, Ava se encontró a su marido en el ascensor. Se metió las manos en los bolsillos, le dio un beso convencional y lo olió instintivamente. «¿Saliste sin abrigo?», le espetó él, intrigado. Fui a comprar cigarrillos, mintió. Estuvo tentada de lanzarle: «...se adelantó el tiempo cálido en todo el país, las playas estaban repletas», por ver la cara que ponía, pero no le resultó indispensable hacerlo y lo descartó.

–¿Por qué no dejas de fumar? Ya no se estila –dijo él– Yo lo estoy intentando.

Ava estuvo a punto de responderle que hiciera lo que se le diera la gana, pero se guardó la respuesta sintiéndose contenta de pronto. Se precipitó hacia el dormitorio, apagó el televisor con la sensación de que la imagen de la playa podía salirse súbitamente de la pantalla, le alcanzó la bandeja simulando que la había dispuesto para él, y se preparó una tila. Él prefirió encargar una pizza y el contenido de la bandeja fue a parar a la basura.

–¿Qué tal el viaje? –dijo Ava.

–Siempre lo mismo –abrevió el marido.

Ava se preguntó si «lo mismo» era la misma compañía. «¿Por qué no la habré mirado? No es que no la vi, no la miré. ¿Qué otras cosas me estaré perdiendo por no mirar donde debería mirar?» Pensó que su marido miraba hacia cualquier parte cuando lo enfocaron. «¿O miraba a la mujer?, no, miraba a la lejanía, lo habrán filmado con teleobjetivo, él no parece enterado de su aparición, ¿alguien lo habrá visto?»

Mientras su marido se metía en el sauna, Ava vació la maleta, revisó los papeles, buscó una foto reveladora en los bolsillos de todas las prendas. Después dijo que como no encontró ninguna, se le ocurrió la idea de instalarse a partir del día siguiente en el bar más cercano a la empresa en la que trabajaba él, hasta descubrirlo con la mujer del telediario.

Enfrascada en su rol de detective, estaba metiendo sus gafas oscuras en el bolso cuando su marido, que se había llevado el teléfono al baño, la llamó. Se estaba pasando la toalla entre los dedos de los pies a la vez que le proponía una salida con Mónica y el marido, la pareja que habían conocido en la piscina de un hotel y con la que también cenaban los jueves. Ava no sabía todavía que al volver de aquellas vacaciones, Mónica lo había visitado en su despacho e hicieron el amor en el sillón giratorio, y que desde entonces, también con Mónica tenía encuentros clandestinos. Ava se encerró en la cocina y marcó el número que le había apuntado Gladys.

–¿Qué pasó?

–Esta noche vamos a salir, creo que volveremos tarde y quería que lo supieras...

Algún resorte de la antigua Gladys se movió al preguntarle a Ava quién de los dos había decidido la salida.

Como al salir del sauna el marido encontró a Ava revisando los bolsillos de su americana, ella se apresuró a decirle que la llevaría a la tintorería.

Temeroso de que encontrase algún indicio comprometedor, se la quitó de las manos simulando evitarle el trabajo. Interiormente se enorgullecía de su prudencia. Mientras Ava le comentaba algo que él nuevamente escuchaba a medias, pensó que lo prudente era gozar de una mujer durante dos días al mes «y tener otra esporádica, como la pimienta en el zumo de tomate», se dijo, festejó por dentro su ocurrencia y tropezó con la mirada de Ava: por ella no sabía bien qué sentía. No era arisca como una ni atrevida como la otra, él le daba un buen pasar, era su mujer y se lo demostraba, se enorgulleció de su potencia y volvió a festejarse interiormente. Se sirvió un whisky antes de salir, mientras Ava dudaba frente a la colección de perfumes franceses que su marido engrosaba a la vuelta de cada viaje y que ahora atribuyó a la culpa más que a un gesto de formalidad conyugal, aparentemente normal en él hasta ese momento.

La cena resultó algo tensa, Ava notó que Mónica no llevaba sujetador bajo la camiseta elastizada, que la falda tornasolada era de *Fiorentino*, que la turquesa del broche era verdadera, pero usaba una laca ordinaria. Notó que se movía demasiado en su silla y se dirigía sólo a su marido, y que el marido de Mónica llevaba un cardigan de *Versace*, hablaba con frases hechas, mientras el suyo intercalaba como propias frases que había escuchado en otras cenas y que ponía caras que le recordaban a su suegro.

Esa noche, Ava soñó que tenía un amante. Estaba abrazada a él en un peñasco oculto, pero aparecía su marido, el amante lo empujaba al mar.

Al despertar, trató de discernir a quién le recordaba el amante. Apresurado, porque se había levantado más tarde de lo habitual, el marido estaba a punto de ponerse los pantalones, lo imaginó en la playa, ella era la otra, él la ceñía, la otra era robusta, era alta, era rubia, era delgada, era huesuda, era anaranjada, era obesa, era verde, se dijo, desinflado sobre una mujer verde. «¿Cómo será? ¿Y si pidiera una copia del informativo en los estudios? Para empezar, estableceré mi puesto de vigía en el bar, si no trabaja en su empresa, lo vendrá a ver a su despacho, son las reglas que establecería mi marido, es un cómodo. Me gustaría saber a quién se lo presto. Como las bibliotecas. Soy una maridoteca...»

–¿De qué te reís? –inquirió él.

Ni bien se fue, ella encendió un cigarrillo en la cama, acto reprobable para él, y sintió alivio al decidir que no lo acompañaría más a las cenas de los jueves. Como muy pocas veces hacía –así lo dijo después– se quedó largo rato reflexionando sobre qué tipo de casa le gustaría tener, pensó que le gustaría pisar césped, dejar sus huellas en la tierra, pisar arena húmeda, meterse en el mar aunque fuera invierno, a esa casa plantada en la tierra y cercana al mar vendría poca gente, no supo quiénes. A las mujeres del gimnasio les divertía mucho reunirse a tomar el café después de la clase, ella intentó quedarse alguna vez, pero competían entre ellas en la conversación y se aburría, supo que no las llevaría a su casa, una casa cuadrada de una sola planta, tampoco supo dónde.

Dejó correr el agua de la bañera, se desnudó al mismo tiempo que sonaba el teléfono. Era Gladys. Le preguntaba cómo había resultado la cena y le proponía conocer a Beatriz esa misma noche. Aceptó.

Colocó el tapón, echó un buen puñado de sal marina mezclada con una infusión de salvia, se metió en el agua tibia que la reconcilió con su cuerpo. Acudió a ella un lejano sabor que relacionó con el amante del sueño.

Beatriz no cree en los milagros

Beatriz acompañó a su hijo hasta la moto. Era sábado y lo tenía libre. Se cruzaron sus miradas en el espejo del ascensor.

–Me gustaría llamarme Luba, ¿nunca te lo conté? –le dijo Beatriz tratando de resquebrajar su actitud distante, olvidándose y recordando a la vez que ya era adulto; prometiendo un inicio, un medio y un final al preguntarle si se lo había contado, en lugar de si se lo había dicho; tratando de retenerlo porque también ansiaba saber, con un ansia más animal que la curiosidad exploratoria de Ava, las razones para que un hombre como su hijo retuviera a una mujer como Cristina y qué tenía Cristina para poder compartir sombrilla con otro.

Mientras encendía la moto, elevando algo la voz, el hijo le anticipó que no vendría a cenar y que si recibía algún mensaje para él, se lo pasara al móvil. A Beatriz le llamó la atención un pomo al borde de la acera, lo recogió, comprobó que quedaba parte del producto en el envase, leyó la etiqueta tratando de retener la marca y su primera reacción fue dárselo al hijo diciéndole que podía ser de Cristina para congraciarse. Él lo rechazó y ella pensó en mostrarle su naipe marcado, aunque no confió en que fuera el ganador.

–Adiós, Luba –dijo él antes de clavar el pie en el acelerador.

Beatriz entró a su casa con el pomo en la mano y con la mente confusa, agitada a causa de la reserva que la actitud de su hijo le imponía y extrañada por la casualidad.

Lo tiró a la basura porque de pronto le quemaba entre los dedos y se preparó una mascarilla nutritiva mezclando una yema de huevo con una cucharada de miel y una de leche en polvo. Se la dejó unos quince minutos durante los cuales hizo las paces con ella misma rememorando lo que tenía en lugar de añorar lo que le faltaba. Finalizó el recuento evaluando los hombres que había conocido: el que nunca quería cenar fuera, el que le prometía constantemente que por ella se iba a separar de su mujer, el que acababa de separarse y la llamaba con el nombre de la otra, el que le compraba macetas en lugar de flores porque decía que las flores eran perecederas, el ingeniero de caminos, el alto aquel que tenía un apellido rarísimo y le pedía que le llamara por el apellido cuando estaban en la cama.

Se acurrucó en el sillón de mimbre cubriéndose con el edredón de la cama y se dispuso a confeccionar el test para medir la personalidad, que venía en otro libro de autoayuda de una colección más completa, según le dijo su compañera. Apuntó «sí» a las preguntas: «¿Tu humor oscila a menudo?» «¿Padeces con frecuencia molestias en la espalda?» «¿Respondes a las provocaciones?» «¿Utilizas la mordacidad para hablar con quien te cae mal?» «¿Te crea cierta inquietud el éxito de los demás?» «¿Estás dispuesta a usar la lisonja para conseguir lo que deseas?» «¿Te ilusionas pensando en lo bien que te van a salir las cosas?» «¿Te sientes amiga de tus amigos?» «¿Das mensajes explícitos a tus amigos?». Pero en lugar de prestar atención a las conclusiones, pasó al capítulo siguiente que definía la personalidad según las estructuras físicas. Leyó: «El luchador –cuerpo rígido y tenso–, la víctima –hombros caídos–, el vigilante –músculos blindados y pecho proyectado hacia fuera–, el intelectual –pies inestables y cuerpo desgarbado–, el superman –torso más llamativo que la parte inferior–, el sumiso –cuerpo encorvado–», y trató de identificar al pintor. Lo asoció con el vigilante y se prometió que le haría unos masajes: «frotar, amasar, palmear, friccionar, pellizcar suavemente la piel». Se imaginó que él le frotaba la planta del pie con su dedo pulgar, poco a poco, poco a poco, tanto que se quedó dormida y no escuchó que le dejaba un mensaje en el contestador.

Cristina le da vueltas al tema

Hasta ese momento, no había tenido necesidad de analizar su identidad, no la preocupaba ni la ocupaba el hecho de ser judía por transmisión y no serlo por dedicación, aunque mientras le daba vueltas al tema, ciertas palabras, *sinagoga, rabino, torah*, desfilaban por su mente como palomas asustadas, eran un telón de fondo dulce, su ejército de ausencias. Le gustaba la idea de la tierra prometida y otras cosas dichas por la abuela que hasta ahora habían sido un decorado acogedor, pero carente de significado.

Empleó el artilugio que utilizaba en situaciones complejas: trató de imaginar cómo se tomarían una situación similar distintas personas de su entorno, acabó volviendo a lo que decía su abuela en forma de metáfora: «Ocupas un sitio material en el mundo incluida tu sombra, nadie puede borrarte de un plumazo como no nos pudieron borrar del mundo a pesar de los intentos».

Durante los días siguientes, fue creciendo su irritación. En realidad, el modo de decir del hombre le hacía aflorar a Cristina una historia que nunca había pensado como propia. «¿Cómo lo retrataría un judío a él? Como un prototipo, uno de esos que se aferra a una idea preconcebida y de ese modo consigue ciertas ventajas (el hombre casado, es la máxima expresión) ante muchos que no expresan su opinión, ponen cara de indulgencia.»

Para aclararse, apuntó compulsivamente en una libreta las reacciones que recordaba desde que lo conoció.

Admitió que por algo, sin motivo aparente, de entrada ella le mintió su apellido, en lugar de Roth le había dicho que se llamaba Rodam. Al escribirlo, un extraño deseo de reparación empezó a reemplazar a la furia. Se desdoblaba entre los dos sentimientos que el hombre casado le provocaba todavía: la atraía mucho y, al mismo tiempo, le exaltaba una conciencia reivindicativa insospechada. De allí, su deseo de venganza.

Se le despertó una Cristina soslayada bajo capas de contradicciones que su padre, su tío, su abuela y la sociedad habían empastado.

Presentía que podía haber nacido en cualquier parte. Tanto en Trenque Lauquen, a unos cuatrocientos kilómetros de Buenos Aires, donde eran tres las familias judías y a una pertenecía ella, ¿pertenecía?, como en la Capital misma o en el punto más opuesto del globo. Su tío decía que provenían de la diáspora, su padre nunca mencionaba el asunto. Creció entre esos dos polos: la insistencia orgullosa del tío y la omisión desconcertante del padre. Se dijo: «Uno me anudaba a los ancestros, el otro fabricaba un agujero».

Se comunicó con su terapeuta y le pidió una sesión para esa tarde.

«Tampoco él tiene una argumentación sólida», se dijo Cristina, tratando de encontrar un asidero para su irritación, echada en la cama, sin intención de vestirse hasta no aclararse. Se miró las uñas, no vio nada que no hubiera visto ya. Dirigió los ojos hacia lo alto del armario, escrutó las tres cajas que contenían sus pertenencias: judía errante, le sugirieron las cajas y la maleta. Se frotó las plantas de los pies para entibiarse. No tuvo más remedio que levantarse porque el baño de la pensión estaba alejado de su cuarto.

Por el pasillo, siguió murmurando: «Su comentario me obliga a investigar en mis ancestros. La sociedad oculta nudos que persisten como lapas si nadie intenta desanudarlos. Sin duda, forman parte del mapa de mi identidad, de allí procede este hombre».

Su perplejidad le indicaba puntos luminosos de ese

mapa, en los que hasta ese momento no había reparado.

La desazón dejó paso a la sospecha, sospechaba de ella misma, pensaba en el hombre como en un resorte accionado por la sociedad. Desmontar el mecanismo le interesaba tanto como desarticularlo a él, jugar con el resorte, averiguar cómo olía un judío y sofocarlo con ese olor. La imagen le provocó un ligero temblor, tiró con fuerza de la cadena y volvió corriendo a su cuarto.

Se quedó una hora más en la cama pensando qué le diría al terapeuta. «Soy judía», le diría. Nunca se le había ocurrido afirmarlo en primera persona singular. «Me repugna disfrazarme, pero lo seguiré haciendo», le diría al terapeuta. «Lo hago con el hombre casado, una heroína de la resistencia se disfraza cuando le conviene, pensó, y se sintió más convencida.»

De pequeña, un chico de su clase le había dicho que los judíos no iban al cielo al morir, sino que se pudrían bajo tierra. La imagen la persiguió largo tiempo. Le dio tanto miedo que no lo habló con nadie. Y ahora el fantasma reaparecía.

Tanto el padre como el tío habían tratado de influir en Cristina. La abuela trataba de igualarlos con la comida. El padre le estimuló la lectura como vía para formar criterios propios. El tío la enfrentaba a su árbol genealógico. Lo de la diáspora fue un acicate, su familia había emigrado de Odessa hasta afincarse en esa ciudad, en la que el abuelo fundó una mueblería y crió a sus hijos deseando que alguno fuera médico, y de la que ella partió en busca de la verdad. Lo de la lectura, un vicio que nunca abandonaba.

Se quedó imaginando las preguntas que le haría el terapeuta. Las palabras multiplicaban su condición al estar incluidas en esas preguntas concisas. Había perseguido pistas borrosas, geográficas o sensoriales. Ahora comprendía que las pistas convergían en ella, que debía partir de su origen, reempezar. El ser o no ser judío era una pista nítida que, por el momento, estaba sembrada de unas cuantas señales ambiguas a las que esa sociedad apelaba de esa manera tan peculiar. Trabajaba como reportera gráfica. Se preguntó si su abuelo se hubiera alegrado de que al menos fuera universitaria.

A causa de un reportaje había conocido al hombre casado. El reportaje debía hacérselo a la empresa, no a él, pero le condujeron a su despacho, una sala lujosa y de dimensiones exageradas. Esperó a que él hablara primero, era la táctica que empleaba ante un entrevistado jerárquico. Recordó que el hombre se puso de pie y le dijo que podía llamarlo por su nombre de pila, un diminutivo falso en inglés; era la táctica que utilizaba ante una posible conquista, para seducirla y para tantear la respuesta de la presa, como él se jactaba. En realidad, le quiso seguir el juego cuando se presentó como Cristina Rodam. Él admitió complacido que era apellido inglés. «Proviene de la nobleza», agregó Cristina. Y él se apresuró a insinuarle que seguramente estarían emparentados. Rieron divertidos. Cristina tomó una foto del despacho, le hizo unas cuantas preguntas y él le sugirió que podía acompañarlo en su próximo viaje a una de las sucursales, si deseaba ampliar la información. Todo había sido distendido, a pesar de que algunas ideas que él lanzó ese primer día fueron un toque de alarma que se potenció a lo largo de los seis viajes que hicieron juntos. «Pero me atraía mucho», se repitió Cristina, y cuando apuntó esta última frase la atravesó algo como una corriente eléctrica. Además, nunca antes se había referido al judaísmo.

«Además, nunca se refirió directamente al judaísmo. Ni yo», escribió debajo.

Releyó lo que había apuntado, arrancó las hojas de la libreta y las metió en su agenda.

Se levantó y se lavó la cara con agua fría, sentía una puntada en el estómago, partió en cuatro una manzana y la masticó durante un buen rato. Tenía la conciencia hecha un lío. Se le desbordaban las ideas, pero al mismo tiempo se diluían. No podía orientarse en el caos. Tuvo la sensación física de que estaba instalada sobre una pequeña base rodeada de un precipicio al que, sin embargo, podía tirarse sin riesgos.

Decidió que al terapeuta empezaría hablándole de la simulación y la mentira. Citaría a su tía Rosa que, cuando alguien similar a ese hombre le nombraba a los judíos, torcía la cabeza como si su interlocutor se dirigiese a una Rosa invisible. Se había casado con un González y firmaba Rosa González en vez de Rosa Roth. Cristina pensó que no quería ser una Venturini, adoptando el apellido de su novio, por ejemplo, ni ocultar su origen, ¿pero en qué consistía ese origen? «Gente igual a ese hombre nos observa, nos califica y clasifica, aunque la tía Rosa se haga la González», concluyó mientras escupía las semillas.

«¿Quién soy?», dijo Cristina. «Soy parte de una minoría», silabeó, «"una minoría sobresaliente", decía mi tío y hacía que yo me viera formando parte de una protuberancia planetaria». Siguió la figura imaginaria de la protuberancia en el trozo de una nube sobre el azul desvaído que alcanzaba a ver por la ventana.

El comentario del hombre había sido un detonante. Tal vez porque le evidenció que formaba parte de una red, a pesar de su pretendida indiferencia.

Hablar en voz alta la relajó. Se sentía como la protagonista de una película en blanco y negro. Se vistió respetando ese estilo. Metió su pelo rojo en un gorro, se superpuso unos cuantos collares sobre una túnica negra semitransparente. «Una película de fines del 42, cuando el continente europeo estaba plagado de rumores sobre el holocausto judío, pero aceptaban que las historias eran demasiado monstruosas para ser ciertas: ¿se aferrarían a la idea de que aquello que no se admite, no pasa?», y aunque el holocausto era su dato más conocido debido a las continuas alusiones de su tío, se dijo que lo buscaría en Internet.

Antes de salir, buscó los papeles y los carretes que estaban aún en el bolso y organizó su trabajo del día sin quitarse el gorro.

Decidió que dormiría con el hijo de Beatriz; esa noche, Beatriz había organizado una tertulia de la que participaría gente tan diferente como su amigo pintor, su amiga Gladys, a quien había conocido la noche del cumpleaños, y una amiga de Gladys que creyó recordar se llamaba Ava.

De lo que el terapeuta le sugirió, se quedó con la imagen de atravesar el vacío para encontrar algo mejor.

Gladys empieza una novela mental

Antes de la reunión en casa de Beatriz, Gladys se observó en el espejo reconociéndose. Pensó que nunca lo hacía. Hasta que, pasados unos minutos, ya no soportó mirarse, bajó los ojos hacia el escote y los brazos, se los notó gruesos y algo fláccidos. Se lavó la cara con el jabón de Marsella que le había regalado una profesora de su departamento, en lugar del de coco que usaba habitualmente. Deseó sentirse más atractiva esa noche, buscó en el armario, pero sólo contaba con una pasta blanqueadora de dientes, fue a pedir consejo a la farmacéutica y dio un paseo antes de volver con sus adquisiciones: una leche corporal, un tónico facial y un maquillaje líquido que simulaba el bronceado de la playa.

Para Gladys, sentirse sola era un estado nuevo que la exasperaba. Se detuvo en un parque y se quedó mirando a los que iban juntos y parecían felices. Los miraba como se mira a los actores de una obra teatral. Reaparecía la antigua barrera entre ella y el mundo. Aunque las matemáticas sumadas a sus convicciones le proporcionaban una visión global y relativa de la realidad que solía tranquilizarla, ahora se decía que deseaba volver a empezar.

Encendió la estufa al entrar y creyó escuchar: «...Nos vamos a vivir juntos...». «¿Cuánto tiempo hacía? ¿De dónde salían esas palabras?» Las ventanas estaban cerradas. Se instaló frente a la estufa. Por entre las débiles llamas vio diluirse la cara del que las pronunciaba. Se trajo el termo de café y se sirvió una taza grande. Le vio las manos, lo vio agachar la cabeza y mirarse las manos al repetir las palabras y estamparse contra las convicciones de ella, que esgrimía la independencia como condición exclusiva para ser feliz. No decía «feliz», decía «realizada». «Ahora quisiera ser feliz», pensó. «¿Acaso no se puede ser independiente y vivir con un hombre? Fuimos generación bisagra. Yo, la más ubicua. Me burlaba de las que eran como Ava. Me enervaban. Amor, sí, pero sin ataduras, esgrimía». Rememoró la voz que se perdía en el fondo de la taza.

Se dijo que podía ser escritora, decir lo mismo de otra manera, imaginar la vida como un discurso amarillo, frenar con la pluma al invasor; escribir una novela matemática en la que imperen las mujeres y los hombres no tengan nombre. Cada capítulo, una mujer. Si fuera cine, utilizaría la estructura de un videoclip: imágenes rápidas que hacen trabajar la mente del espectador. Fragmentos titulados con el nombre de cada mujer, todas ligadas entre sí, una historia que transcurre en un espacio anónimo y al mismo tiempo universal.

Yo ya no puedo ser la que fui ni la que quisiera ser. En cambio, un personaje novelesco respondería a mis deseos, aunque no quisiera ser la protagonista.

Una novela mental. «Mejor, una novela oral. ¿Cómo empezaría? Podría inventarle a Beatriz una infancia que no tuvo y sería una de esas novelas que llaman de iniciación. Si necesitase pormenores, con las respuestas alimentaría la novela, aunque siempre hay algo omitido, un resto no seleccionado para su aparición oral. Forma parte del campo residual de cada persona, exclusivo e intransferible. Entonces podría inventar especialmente este campo como una malla que apuntale lo real...

De entrada, un suceso impactante. En el primer capítulo, una mujer enciende el televisor y ve a su marido con otra. La otra sería el segundo personaje. No, mejor un hombre enciende el televisor y ve a su mujer con otro, con otra, con...»

Mientras empezaba a precisar las caras, las manos, las voces, sonó el portero eléctrico.

–¿Llego tarde? ¿A qué hora es la reunión? ¿Estoy bien así o me cambio? Traje otro vestido más, por las dudas. ¿En qué barrio vive tu amiga Beatriz?

–¡Ava, para! ¿Qué te pasa?

–Estoy nerviosa.

–Es evidente. Hay tiempo. En el termo hay café. Estás muy bien así.

–Mejor una tila. Es la primera vez en años que voy sola a una fiesta. ¿Te acordás de aquel chico medio novio mío que se llamaba como el protagonista de *Rojo y Negro*? No me acuerdo de su nombre y, sin embargo, me acuerdo de la novela en que estaba metido.

–Al menos, te acordás de algún libro...

–Vamos, por favor...

–Julián Sorel.

–Julián... Justo hoy revivía aquella época. Me acordaba de Iván, se llamaba Iván. Tampoco yo recordaba su nombre, pero ahora, al aparecer Julián, apareció Iván. Es nuestra coincidencia rítmica.

–¿Y qué pensabas de Iván?

Entonces, Gladys y Ava no pararon de hablar.

¿Pero lo que decían era la traducción de lo que pensaban?

¿Lo que una entendía era lo que la otra quería darle a entender?

Es decir, ¿le dijo Gladys lo que Ava creyó que le decía?

¿Pudieron intercambiar recuerdos de aquella época, que simulaban ser ideas completas, aunque eran los fragmentos que la memoria de cada una recordaba?

Ava se frenó al pensar que lo que ella recordaba no coincidía con el recuerdo de Gladys aunque la escena y el momento eran los mismos. Pero entendió que no coincidía el contenido de la escena: lo que para una fue maravilloso, para la otra podía haber sido tortuoso. Ava se frenó porque prefirió no alterar las películas que ella se pasaba de tanto en tanto, y que sostenían los pilares de su vida cotidiana. Se lo dijo a Gladys.

¿Aceptó Gladys lo que Ava quiso manifestarle o recibió un mensaje aproximado?

¿Gladys podía apreciar que Ava intentaba ser lo más sincera posible, incluso como práctica consigo misma?

Lo que sí notó Gladys fue la diferencia entre el discurso emotivo referido a esa época lejana y el discurso descriptivo del que se valía en la actualidad. Ava pensó que estaba exponiendo una idea distorsionada de sus vivencias, que no lograba transmitirle lo que deseaba y que Gladys sospechaba de su sinceridad.

¿Qué había cambiado en Gladys para que Ava se preguntara si acaso podía probar con otra interlocutora? ¿Con quién? ¿O estaba cambiando ella y prefería no decir lo que sentía? En ese caso, con otra interlocutora establecería unas reglas diferentes desde el principio.

¿Que Gladys aguardara en silencio mientras Ava redondeaba su explicación indicaba que se concentraba para seguirla? ¿Que captaba su aparente confusión? ¿Que no le creía? ¿Que se distraía pensando en sus propias cosas?

Haber nacido el mismo año. Vivir en el mismo lugar. Recordar la misma época, los mismos dieciséis años.

¿Hablaban para escucharse? ¿O lo hacían para escuchar los recuerdos de una contados por la otra, a la espera de un dato olvidado o de uno que al reiterarse adquiría una magnitud excitante? ¿Pero acaso las palabras las remitían a lo mismo? ¿La cosa nombrada era idéntica para ambas?

Ava mencionó y Gladys recordó un día en que se quedaron detenidas mirando un mapa, pero no se atrevieron a irse. Gladys dijo que podrían haberlo intentado. Ava quiso saber si podía precisar el lugar al que se hubieran ido y qué podría haber pasado allí.

¿Gladys le contestó con su deseo de aquella época o con su aturdimiento de ahora? ¿Adivinó que la pregunta de Ava no era sólo un juego? ¿Podía adivinar que Ava había necesitado esa actitud suya de reconocimiento, pero que antes de lo que se imaginaba no le haría falta?

Lo que efectivamente compartían era el instante, hermanadas por haber participado de muchos otros instantes cargados de significados. Un amigo de infancia es un compañero de existencia, un testigo de que uno acarrea una historia, la confirmación de que uno no es un personaje ficticio sino un ser de carne y hueso. Además, Gladys era la carta ganadora de Ava ante su marido, que no conservaba ningún amigo. El amigo de la infancia es la memoria histórica del otro, a quien a uno le apena tener que confesarle que una convicción fuerte, que la amiga admira, ya no se sostiene: Gladys no se atreve a confesarle a Ava que añora un marido.

¿Era más importante lo que se decían o lo que callaban?

Ava y Gladys fueron las últimas en llegar a la reunión.

La reunión

La primera que llegó fue Cristina. Desde la calle se escuchaba la música. Beatriz le abrió la puerta y se escabulló hacia su habitación. Como le resultaba inútil acercarse a Beatriz, Cristina se hundió en un cojín del salón y se concentró en sus pensamientos. Durante un largo rato coincidió su silencio con la música que Beatriz tarareaba bajito mientras se maquillaba.

Esa misma tarde, Cristina había conocido a Raquel, a través de un anuncio que pedía fotógrafa para un barco. Ella fue por curiosidad, la atendió Raquel, que estaba allí como trabajadora temporaria, le explicó que eran cruceros turísticos y se trataba de hacer fotos durante la navegación que duraba dos o tres días. No le interesó la propuesta, pero le llamó la atención Raquel. «Le aseguro que sentí una cosa impresionante mientras me explicaba», pensó Cristina que le diría al terapeuta, «una cosa tan loca como la que me pasa con el hombre casado, sin el componente erótico, o tal vez sí, pero diferente, sentí esa confianza que uno siente con algunas personas, esa complicidad, eso».

Mientras Beatriz halagaba a los que llegaban, yendo del ascensor a la sala, Cristina se metió en el baño. Sentada en el váter, intentó imaginarse al terapeuta frente a ella haciéndole preguntas. Le cedió el váter, se pasó al borde de la bañera y le pidió que le repitiera la última. «¿Por qué me habrá conmovido Raquel?», se dijo dándole vueltas a la cuestión.

El hijo de Beatriz golpeó la puerta. Como Cristina tardaba en abrir, maldijo en voz baja. En lugar de salir, ella lo hizo entrar. El amigo pintor de Beatriz, que había llegado al mismo tiempo que el hijo, le hizo a Beatriz un ademán interrogante y divertido al verlo meterse en el baño. Beatriz se encogió de hombros, pero volcó el vino.

Cristina le contó al chico sus cavilaciones. Él la escuchó parcialmente.

Generalmente, escuchaba lo que le convenía. Era una costumbre adquirida al tener una madre que no respetaba su silencio. Separaba lo que le interesaba con la maestría de un experto en separar espinas del pescado. Cristina lo sabía, por eso le contaba, era como hablarse a sí misma en voz alta, con la ventaja de que, de vez en cuando, él destacaba un dato en el conjunto, era como un divertimento. De lo que Cristina le contaba, reparó en el nombre de Raquel y dijo que era nombre judío, que él había conocido a una Raquel más puta que una gata en celo. Cristina quiso saber si era judía y él le dijo que no se lo había preguntado. Quiso saber si la seguía viendo y él le dijo que en alguna ocasión. Ambos tenían historias paralelas y no las ocultaban, pero no se contaban detalles. Se cercioraron de que la puerta estaba trabada e hicieron el amor.

Gladys le presentó a Ava a los que conocía. Ava se sintió cohibida, como siempre que Gladys asumía el rol de guía, aunque dijo después que le gustó que la presentara con su apellido de soltera.

Beatriz les ofreció una copa de sangría. Ava se llevó la copa a un sillón de mimbre situado bajo la única ventana del salón y se entretuvo mirando un álbum de fotos que cogió de una mesita de cristal, eran del hijo de Beatriz de pequeño, en una estaba junto a un joven idéntico al chico en la actualidad que supuso sería el padre, le produjo malestar la repetición. Se alegró de no parecerse a su madre, que solía mencionar el parecido de Ava a la familia del padre con un dejo de fastidio. Al fondo de la foto se veía a una Beatriz de melena muy larga de la que no se distinguían las facciones. «Nada combina con nada en este ambiente», pensó al mismo tiempo, «la planta que cuelga de la estantería es de mal gusto, demasiados colores, el suelo embaldosado pide a gritos una alfombra, la mesa es pequeña comparada con las sillas y las sillas son incómodas».

Miró a Gladys, que hablaba con un hombre muy delgado parecido a un pingüino y con una mujer obesa, y pensó que incluso ellos desentonaban. La obesa era una galerista importante, invitada por el pintor, a la que Beatriz se apresuró a ofrecerle el otro sillón de mimbre; el pintor le alcanzó un cuadro suyo envuelto con esmero, que desenvolvió y colocó en el marco de la ventana. Beatriz retrocedió cinco pasos para apreciar las figuras contorneadas en el cuadro, como veía hacer a los expertos, y la galerista le dio un empellón a la mesita a la vez que arrugaba los ojos en dirección a la pintura difuminando oleadas de perfume. Ava, sobresaltada, detectó que era de *Nina Ricci* y fijó también su atención en el cuadro, vio dos mujeres de espaldas de las que la galerista decía que tenían estilo.

Por un instante, se sintió algo perdida sin el marido que le servía de escudo en reuniones similares, en las que la figura principal era él y ella la señora de. Se levantó y fue hacia el lavabo. Se quedó con el picaporte en la mano y la puerta no se abrió. Percibió cierto murmullo proveniente del interior.

Como si hubiera estado observándola, Beatriz acudió. Sin mirarla y echando el humo del tabaco por la boca, colocó el picaporte en su sitio con un golpe enérgico, dio tres golpes rápidos con los nudillos y se alejó dándole la espalda. Ante el asombro de Ava, del baño salieron Cristina y el hijo de Beatriz. Alcanzó a ver que desde la punta del salón el amigo de Beatriz les hacía señas.

Después dijo que ésa fue la primera imagen que tuvo de Cristina y supo que el amigo de Beatriz los había llamado para decirles que le haría un retrato a Cristina y se lo regalaría al chico y que, en lugar de alegrarse, Cristina se sintió como un objeto.

Ava se echó unas gotas de agua en la cara, se gustó en el espejo y se animó. Salió dispuesta a acercarse a Gladys para contarle sus sensaciones, pero la vio muy entusiasmada con el pingüino, que era flebólogo. Se anudaba y desanudaba los flecos del chal de seda, gesto que Ava interpretó como señal de que estaba animada.

Arrimaron los muebles contra la pared y subieron el volumen de la música; un rubicundo de ojos vivaces la invitó a bailar. Como era amigo del pingüino, que estaba enredado en embrolladas ecuaciones con Gladys, le pareció volver a la breve época en que las dos iban juntas a las fiestas en casa de un compañero de clase. En esa época, Gladys llevaba la delantera, disfrutaba bailando mientras Ava lo hacía ansiosa por contarle su experiencia. Y eso –dijo después– la alborozó. Apretada al rubicundo, se le cruzó fugaz la expresión que hubiera puesto su marido viéndola y pensó que si hubiera tenido a su alcance a la mujer que lo acompañaba en el telediario, le hubiera preguntado qué le atrajo de él. Así pasó buena parte de la reunión.

Cristina se colocó el abrigo sobre los hombros. Beatriz le echó una mirada aguda que contenía su secreto mientras se preguntaba si su hijo podía imaginarse que había estado con otro hombre. Ava captó la mirada de Beatriz y Beatriz la miró a través del espejo. Ava quiso encender un cigarrillo, pero comprobó que le habían vaciado el paquete, le pidió uno a Beatriz que iba y venía llevando una tabaquera en la mano. Beatriz se la extendió, pero Ava recordó después que notó dureza en su actitud.

Cuando unos cuantos se fueron, los que quedaban se agruparon en torno a la mesita de cristal, entre platos vacíos y vasos sucios. Gladys se desanimó cuando el pingüino le hizo una seña al rubicundo y se despidieron sin dejar abierta la posibilidad de un nuevo encuentro.

Como conocía de sobra las reacciones depresivas de Gladys acentuadas con el tiempo, a pesar de que ya era tarde, Ava esperó prudentemente la indicación de su amiga para irse. Le disgustó el gesto de Beatriz de extraer displicente un cigarrillo de la cajetilla dos veces consecutivas sin convidarle. Entonces Cristina le dijo algo en secreto a su novio, que le convidó un cigarrillo a Ava, mientras Beatriz redoblaba su mirada de combate, aferrada al pintor, que en los últimos días la llamaba regularmente y posaba para él, como si aferrara un trofeo.

Al llegar a su casa, encontró a su marido resolviendo un solitario. Recogió los naipes y estuvo atento con ella. Ava inventó una indisposición de Gladys, sin saber por qué convirtió al hijo de Beatriz en alumno de su amiga y a Beatriz en madre competitiva con la profesora. Situó la reunión en una cafetería, no incluyó a Cristina ni a los demás, y atribuyó su tardanza a su ineludible papel de testigo y acompañante. De todos modos, no le pareció que su marido escuchase la explicación completa ni le importase especialmente.

Ava se queda en casa de Gladys

Tres semanas más tarde, Ava llamó a Gladys impulsada por otra idea que la rondaba. Se le había ocurrido mientras pasaba las páginas de un periódico en el bar desde el que ejercía de vigía.

Gladys le propuso encontrarse en la sede de la universidad donde trabajaba desde siempre, un edificio de cuatro plantas, detenido en el tiempo, con las paredes descascaradas y pizarras abigarradas de anuncios: *alquilo habitación, viajes con descuentos especiales, clases de inglés, cambio ordenador por bicicleta en buen estado*, frente a las cuales Ava se detuvo a recordar. Se trasladó más de quince años atrás, cuando en el mismo vestíbulo esperaba a Gladys que iniciaba sus prácticas.

Dijo después que se comparó con la que era. Trató de imaginar cómo hubiera sido su vida si hubiera seguido estudiando. «Podía haberme ido a vivir con Gladys en una habitación alquilada, o irme al extranjero, haber dominado el inglés y ser intérprete, y hasta una bicicleta en buen estado podía haberme conducido por otros rumbos», se dijo melancólica. Se preguntó si la mujer que estaba con su marido tendría una profesión liberal o estaría casada o trabajaría en una empresa y no encontró respuesta, tampoco supo responderse qué opinaría su marido si ella le anunciaba que retomaría los estudios.

–Qué gesto de pensadora posmoderna. Disculpame, me retrasé –la interrumpió Gladys mirando su enorme reloj de pulsera–. A último momento vinieron cuatro chicos para entregarme un trabajo y me entretuvieron. Vamos a tomar algo, estoy sedienta.

–Yo también. Estaba pensando en cómo éramos y cómo somos –le dijo Ava y se colgó de su brazo.

–Vaya tema. Aquí mejor no, a este lugar suelen venir mis alumnos –dijo señalando la primera cafetería que apareció–. ¿Y cómo somos?

–¿Acaso tienes claro cómo éramos?

–Entremos aquí. Vamos a la mesa del fondo.

–¿Qué es esa pastilla?

–Un antidepresivo. Me lo dieron en la clínica donde trabaja Beatriz. Allí trabaja el flebólogo... Ya ves cómo somos.

–O cómo sos.

–Bueno, háblame de tu proyecto.

–¿Me ves como diseñadora?

–¿De ropa?

–Sí. Llamé a un anuncio y mañana me harán una entrevista.

–¿Y si te quieren contratar?

Siguieron hablando en casa de Gladys. El marido de Ava estaba nuevamente de viaje y Ava pensó que si se quedaba en su casa no pararía de conjeturar sobre la mujer del telediario, de la que aún carecía de pistas, y darle vueltas al asunto la volvía loca.

No se lo comentó a Gladys porque adivinaba su respuesta: que indagara las razones del marido para buscarse una amante y no la identidad de la amante, un asunto secundario para ella. A la vez, como no le había vuelto a mencionar el tema, dedujo que Gladys suponía que lo había tapado por temor al divorcio.

«Ava debe tenerle miedo al divorcio», pensó Gladys. «Tal vez no hace mal y la equivocada he sido yo. ¿Acaso, en qué estoy?», se cuestionó mientras Ava se ponía el camisón y se cubría con la manta hasta la nariz. Le había preparado la cama en el diván de su estudio. «Si tuviera un marido... ¿pero cómo debería ser ese marido?» Apoyó los codos en la mesa y se entretuvo enumerando los que había conocido en los últimos tiempos. Pasó de la realidad a la ficción y los vio como las caras, las manos, las voces, de esa novela matemática que imaginaba. «La protagonista podría ser Ava», se dijo contenta y ya casi vencida por el sueño.

En lo único que Gladys acertó fue en lo del temor, no en la causa del temor. De niña, Ava había padecido terrores nocturnos, se tapaba los oídos, cuando pasaban el telediario, cosa que a su madre desagradaba y le aconsejaba que ocupara su cabeza imaginando que viajaba por el mundo a lugares exquisitos como Londres o París en los que nunca ocurría nada malo. Los informativos la trastornaban: se sentía amenazada por figuras de cinco cabezas llamadas guerra, atentado, miseria, incendio, inundación, naufragio, que la podían devorar y de los que se defendía escondiéndose debajo de la almohada. También lo dijo después y descubrió las ventajas y desventajas del ocultamiento. «Fue una premonición» –pensó–, «en el telediario se agazapaba el monstruo (¿qué clase de monstruo?)».

Ava metió la cabeza debajo de la almohada.

Ava se hace la película

«La vida es una fiesta», tarareó Ava repitiendo el final de una novela que se había tragado tiempo atrás porque estaba de moda. La entrevista era a las seis y el reloj indicaba las dos de la tarde. Dobló el paño que cubría la mesa y desplegó en un ángulo, el esmalte, las limas de cartón, unas pinzas, un tazón con agua tibia en el que introdujo los dedos. Decidió que después iría a la peluquería. Pensó: «Mi marido insistirá en que ha sido mi madre la que me obligó a recuperar mi color natural, se pondrá pesado, ¿qué sabe lo que pasa por mi cabeza?».

Inmediatamente, se puso a pensar en Cristina a la que acababa de conocer en lo de Beatriz. No entendía cómo Gladys podía ser amiga de Beatriz ni cómo hacía Cristina para maquillarse los ojos que parecían naturalmente llamativos, y cómo sería sin el sombreado en los párpados, si a un amante le daría igual encontrársela con la cara lavada. Se dijo que el novio no parecía un amante. «Parece más el novio de Beatriz que su hijo. Tal vez en la cama todo cambia y es un buen amante y en lo que menos se fija es en el delineador de Cristina. Pero no reconozco a Cristina con ese insípido en la cama aunque acaso es más insípido mi marido y yo qué.»

Ava había notado que Beatriz se alegró de que ella acaparara a Cristina. Fue cuando la mayoría se cansó de bailar y Cristina se extendió cerca de ella. «¿La acaparé?», se preguntó. «Eso dijo el hijo de Beatriz, que zumbaba molesto a nuestro alrededor, hasta que se dejó emborrachar por

Beatriz, que llenaba continuamente la copa del chico y la de su amigo, yendo de uno a otro con los ojos brillantes, y se tranquilizó.»

Sacó los dedos del agua, se envolvió las manos en una toalla y las friccionó con una crema. Mientras se limaba las uñas siguió recordando: «De qué se las daba ese amigo pintor, creo que me puse agresiva cuando dijo que se podía saber más acerca de las personas preguntándoles qué era lo que se enjabonaban primero al meterse bajo la ducha, una respondió: los brazos, otro: la cabeza, otro: el pecho, nadie dijo el ombligo, ¿mentirían? Gladys dice que en mí nunca nota agresividad, que no debería controlarme tanto, no me controlo, cambio el foco de atención, para mi madre este cambio de foco es agresividad. Ese pintor no sólo se acabó lo de su plato, sino también los restos destinados al perro, será una pose, una máscara, una apariencia que le resulta eficaz, de distinguida no tiene ni pizca. Y Beatriz le festeja sus groserías. Bueno, la palabra grosería no es la apropiada: son tal para cual, felices de ellos. Cristina es diferente, lo suyo no parece una máscara. Pasa de un tema a otro con espontaneidad y no pierde detalle, como buena fotógrafa. Creo que sabe lo que hace. Y eso que tendrá menos de treinta años, le calculo unos diez menos que yo. No sé por qué me habló de su permanencia en un calabozo, que eran varias, se apretaban unas contra otras para atenuar el frío. Me habló de otros encierros. Disimulé mi sorpresa, dijo Ava después, pero el tema me desconcertó. Con el tiempo, supo que lo de la prisión había sido una acción provocada por la misma Cristina para vivir la experiencia en forma directa».

Se esmaltó las uñas con más cuidado que de costumbre y volvió a mirar el reloj sin prestar atención a la hora. A Gladys le pareció buena su idea de trabajar, le daba igual en qué, lo que a ella le importaba era su nuevo deseo de autonomía. Sin embargo, Ava no estaba convencida. «A la función de diseñadora le falta compromiso. ¿Compromiso?» Ava dijo después que una vocecita interior le empezó a dictar cosas.

Tampoco se lo contó a Gladys porque no sabía cómo contárselo, eran ideas desordenadas como en los sueños, fugaces llamadas de atención, aleteos. Se quedó pensando hasta que oscureció, no fue a la entrevista y postergó la peluquería para otro momento.

Gladys y Beatriz, amigos y amagos

Gladys se levantó como un resorte al escuchar que sonaba el timbre e imaginar que venía alguien de sorpresa, pero echó una maldición al confirmar que sonaba en el piso vecino. Era su día de fiesta y volvía a atacarla la soledad.

Encendió la estufa y se metió en la cama con una caja de bombones y un álbum de fotos. Se detuvo en una de su madre imitando a Juliette Greco, pasó las páginas pensando en ella. Se levantó, buscó en el fondo del armario una falda acampanada que había sido de su madre, se la puso forcejeando para cerrársela, con una camisa blanca por encima y una chaqueta de punto que le quedaba grande. Al verse en el espejo se dijo que al día siguiente reiniciaría la dieta, que si tuviera un marido estaría en línea, y se anudó un pañuelo azul al cuello para que le iluminara la cara. Compró un ramito de violetas y se fue al cementerio. Estuvo un momento con su madre y al despedirse coincidió con un hombre algo calvo que se retiraba de la tumba vecina. Intercambiaron algunas palabras hasta la salida y él le preguntó si ella también venía los martes.

De allí se fue a lo de Beatriz algo más animada.

A Beatriz no le importaba llamar indiscriminadamente a sus amigos, renovarlos, manipularlos. Desplegaba su seducción y ensalzaba al amigo nuevo, más aún si era un intelectual, luego lo elevaba aún más o lo aniquilaba de un plumazo, a veces se arrepentía y lo peor era que, al lanzar el plumazo, la misma Beatriz se dejaba arrastrar en la caída del otro. Gladys la había conocido después de uno de esos aniquilamientos. Una de las pocas personas que no le dejaban resquicio para la seducción era Cristina, que desintegraba cada uno de sus amagos.

–Cristina es una chica muy dura. Cuando ella está, me quedo muda –le dijo a Gladys mientras se colocaba unas pantuflas fosforescentes, le servía unos bollos caseros y batía el café instantáneo.

–Para mí con sacarina.

–Pero es una chica que no quiere pasar desapercibida. Hay maneras y maneras de llamar la atención. Con mi hijo no puedo hablar del tema. ¿Viste como la otra noche lo retuvo en el baño?

–¿Cómo sabés que lo retuvo?

–Hay maneras y maneras... No es que me pusiera a espiar por la cerradura...

–Denegación.

–...

–Mi amiga Ava se la pasó muy bien en la reunión.

–Me resultó un poco rara tu amiga. Parece que en lugar de andar se desliza. Es de esas personas que tapan su verdadero estado de ánimo. El color de su pelo es tinte, ¿no? Un tinte de excelente calidad, como la ropa.

–¿Cómo es el apellido de tu amigo, el pintor?

–Un tipo interesante, ¿eh? Bilken, con k, apellido artístico. Éste lo pintó él. Tiene mucha fuerza. Mirá la cantidad de azules que utiliza. A vos te queda muy bien el azul, el pañuelo que llevás. Mira el molino, cuántos matices se pueden detectar. ¿No te parece erótico este molino? Te mostraré el catálogo de su próxima exposición. Estás especialmente invitada.

–...

–Aquí está. Me gustaría dedicarle una frase, escribirle una esquelita cariñosa. Copié estos versos, pero quisiera agregarle algo propio, algo mío. ¿Qué se te ocurre? Seguro que te saldrá mejor que a mí –insistió–, dejando abandonadas las pantuflas bajo la mesita y yendo descalza a traer más bollos, tostadas calientes algo quemadas en los bordes, que le untaba a Gladys con mermelada de higos.

–¿Por qué? Lo importante es lo que sientas.

–¿Y si lo sientes, pero no sabes expresarlo cuando lo escribís?

–No lo escribas, expresáselo de otro modo. Bueno, no pongas esa cara, ¿qué le quisieras decir?

–Algo que le llegue, que le toque el corazón.

–Lo del corazón es muy cursi, un tópico –resumió pasando a la quinta tostada–. Dejame pensar... a ver... ¿qué te parece?

–Me encanta. Ya mismo lo copio en esta tarjeta y se lo mando. ¿Es linda, no? ¿Para el día de la inauguración me escribirás otra frase?

Ava prepara el terreno

Con cierta satisfacción impensada, Ava se instalaba en la barra del bar más cercano a la empresa del marido, dispuesta a sorprenderlo con la mujer que la intrigaba. Se impuso no comentárselo a nadie y se desafió a sí misma para conseguirlo. No sabía muy bien cómo iba a cerciorarse de que era ella, pero confiaba en que la reconocería por algún detalle que no vio en el telediario y que tal vez entrevió.

Distanciada del asombro que le produjo el primer impacto, más que a quién elegía su marido, ahora le interesaba averiguar qué mujer se fijaba en él.

En el trayecto hasta el bar, inmersa en el mundo cerrado de su ficción, cada mujer que se cruzaba era blanco de su registro, con la avidez del ciego que recupera la visión. Abandonó su antigua costumbre de observar la vestimenta, procedente en realidad de su madre, para adentrarse en expresiones, ademanes, formas de andar y hasta se conmovió una que otra vez al adivinar las causas de unas ojeras, de unas cejas fruncidas, de unas manos temblorosas. Miró sin ambages las formas de mirar, se topó con miradas huidizas, frías, pasionales, agresivas, perdurables o torpes, pensó en el amor y en la antesala del desconsuelo. Y, lo más importante, llegó a discernir que sus apreciaciones podían ser falsas y también supo, como lo dijo después, que ya no necesitaba corroborarlas con la opinión de Gladys.

Desde la barra del bar, se entretenía recordando episodios vividos con su marido y encontraba que lo que antes le había gustado de él era lo que empezaba a aborrecer, descubría que ya no sentía la inmediata necesidad de señalárselo y que, de ser así, había desaparecido buena parte del temor que la paralizaba cada vez que intentaba hablar de ciertos temas. Por más que insistía, no podía imaginarlo agasajando a otra mujer, lo veía torpe y poniendo la cara de su suegro o repitiendo como suyas frases ajenas, igual que en la cena con Mónica y su marido.

Se sorprendió al notar con claridad algo que antes no se hubiera atrevido a admitir: el permanente esfuerzo que hacía para adoptar el ritmo de su marido como propio a la vez que trataba de encajarlo a él en un molde ideal al que ella aspiraba, sin obtener ningún resultado. Ahora notaba su afán por creer que él cubría sus lagunas, y descubría que esas lagunas deseaba llenarlas por sí misma con necesidades menos inmediatas. «¿Lagunas del alma o del cuerpo? Mi marido, yo, el alma, el cuerpo, no son partes de una misma entidad.» Ante ella se abrían caminos a explorar, todos igualmente prometedores. La envolvió una oleada de complicidad con ella misma.

Necesitó reconocerse en un espejo. La que vio no le disgustó, aunque había esperado que su reflejo la estimulase más. «Entonces, empiezo por el alma.»

Dos veces distinguió al marido saliendo de la empresa, una había detenido un taxi tan cerca de la puerta que alcanzó a distinguir las pequeñas arrugas que se le formaban alrededor de los ojos, la otra iba con dos hombres mayores que, tras el apretón de manos, entraron en el bar en el que estaba ella. Se escurrió culposa como si hubieran podido descubrirla e increparla.

Una de esas tardes, le dolían los carrillos de tanto apretar las muelas y se puso a hacer garabatos en una servilleta para relajarse. De un garabato surgió una figura que asoció con Julián, a quien vinculaba más con el personaje soñado en el tren que con la cara del antiguo Julián. Hizo esfuerzos para recordarlo: «De la cara recuerdo su palidez, los ojos marrones, en aquel cumpleaños de Gladys estirado en la alfombra de la salita de música, cuánto lo apreciaba la madre de Gladys, que colocó el disco y se fue, cómo le hubiera gustado para su hija, y a mi propia madre no le gustaba porque carecía de dinero y de posición social, le tiró un beso con la punta de los dedos antes de salir de la habitación, que siempre estaba como ensimismado, la barbilla metida en el cuello gigante de la polera, las rodillas en alto deformando los pantalones de pana, las botas con suela de goma, la mano fresca extendida hacia mí con los ojos marrones, casi me caí sobre él, me acurruqué junto a Julián que movió la cabeza, me dijo algo al oído y emanaba una mezcla de perfume y tabaco que se me quedó metida mucho tiempo en el alma o en el cuerpo, no lo sé, cuando dejé de verlo por la insistencia de mi madre, de nuevo la incertidumbre, dónde siento, de la cintura... Alguien tiene que saber algo de él».

Se estremeció al pensar en el sueño como en una premonición. «¿De qué?» Eso era parte de su ajenidad. «Ser ajeno a uno mismo da lugar a ser dos: soy dos, la que viene y la que va.»

A tal punto se concentró en sus fantasías que cuando levantó la cabeza se encontró con la empresa cerrada y la calle vacía.

–¿Dónde estabas? –le preguntó su marido.

–En una exposición de pintura –volvió a mentirle Ava adelantándose a la que inauguraría el amigo de Beatriz dos días más tarde. Le dijo que la había invitado Gladys y él no preguntó más.

Ava trajo de la cocina la mesa rodante, como cada noche que cenaban en la casa, con el menú completo: una ensalada variada, jamón serrano, pescado asado, espárragos y vino rosado, mientras él le anunciaba que lo habían ascendido en la empresa y Ava supuso que por eso había puesto esa cara triunfal. Brindaron.

–Me gustaría invitar a una copa al gerente y a su mujer, a Mónica y a su marido, y a un par de matrimonios más. ¿Podría ser el jueves?

Ava le respondió que el jueves la asistenta no vendría

y que tenía pensado ir a otra exposición, había quedado con Gladys. Ella misma se asombró de su rápida reacción. El marido le dijo que le pasara el pan mientras pensaba que lo de la exposición sería un capricho de la madre, y de pronto, necesitó decirle que el pescado le había salido exquisito, que le sirviera otro trozo, mientras en su expresión Ava notaba alguna de sus escapadas hacia la estratosfera, como antes le decía, y que ahora callaba y asociaba a su «actuación» en la pantalla.

A diferencia de ocasiones anteriores, en las que aceptaba el cumplido sin rechistar, Ava le dijo que no se molestara, que el pescado lo había preparado la asistenta, le extendió su copa y él le sirvió más vino mientras maquinaba cómo aparecerse por la exposición aunque él mismo no conocía el motivo de su deseo.

Ava fingió interés por el ascenso de él en la empresa, pero al mismo tiempo se preguntaba si la historia con la mujer del telediario le duraría, y si sería una de las invitadas a esa copa. Pensó que si fuera así se perdería la oportunidad que tanto buscaba, por lo que debía convencerlo de reunir a esa gente otro día. Antes de que ella se lo sugiriera, el marido le dijo que entonces podían invitarlos el viernes y Ava aceptó.

Ava y Cristina se escabullen

Desde la calle se veían los canapés. «¿Aquí también se va a comer los restos?», pensó Ava buscando con los ojos al pintor. Se quitó los guantes, saludó a Beatriz que tenía el pelo recogido en un gran lazo, un vestido blanco excesivamente escotado, una cantidad excesiva de rimel y zapatos de tacón con un lazo pequeño igual al del pelo. En el primer cuadro de la derecha, Ava observó con disgusto un retrato de Beatriz con idéntico atuendo y reclinada sobre una especie de nube morada; casi al mismo tiempo vio al pintor, que calzaba unos pantalones de pana verde oscuro y una especie de túnica al tono y saludaba a Gladys que estaba entregando su abrigo en el guardarropa.

La sala estaba poco ventilada, Ava echó un rápido vistazo al resto de los cuadros, intercambió breves comentarios con otros invitados, aceptó una copa de champagne, pero al comprobar que no era de buena calidad, lo abandonó sobre una tarima.

Gladys se detenía frente a cada cuadro y hacía preguntas. Al rato, reunida con Beatriz y otras personas, le hizo señas a Ava para que se les acercase. Entre otras cosas, le iba a decir (se enteró más tarde) que instantes antes de salir hacia la exposición, la había llamado el marido de Ava y ella le había dado la dirección de la sala porque él la pasaría a buscar. Pero en ese momento llegaron Cristina y el hijo de Beatriz, que traía el casco de la moto en la mano y buscaba un sitio para dejarlo. Beatriz lo auxilió y se lo llevó enlazado del brazo hacia un grupo de gente apiñada en una esquina de la sala, ignorando a Cristina.

Ava captó la escena, que le sirvió como pretexto para hacer algo que no había hecho nunca: eludir un acto social que la hastiaba y acercarse espontáneamente a alguien que apenas conocía. Interrumpió su camino hacia Gladys, se acercó a Cristina y le preguntó si le apetecía ir a un bar cercano a tomar un café, invitación que Cristina aceptó con su curiosidad habitual.

Si bien la actitud adversa de Beatriz las indujo al encuentro, no la mencionaron; Cristina por piedad hacia el hijo, Ava porque no estaba habituada a ser atacada y defenderse.

En el trayecto hacia el bar, Ava recuperó parte de su inseguridad, una especie de bloqueo que la acometía al tomar una iniciativa.

Empezaron la comunicación a tientas, como niños que están por abandonar el gateo y se incorporan inseguros. En ese lapso, Ava pensó fugazmente que su marido catalogaría como judías las manos de Cristina, lo cual le produjo un instantáneo malestar que ahuyentó irguiéndose en la silla y centrándose en lo que Cristina decía. A la vez, la hechizaron nimiedades como el continuo tintín de sus pulseras, el gesto de meterse los dedos entre el pelo llevándolo hacia atrás una y otra vez. Le miraba la boca, la modulación de los labios. «Es como mirar las palabras», pensó y dijo después que sintió el impulso de tocarla, de atajar algunas frases, que la refrescaba el aire de libertad que de ella provenía y sus manos le gustaron cada vez más.

Descubrió que de la fragilidad más llamativa, Cristina pasaba a la demostración cabal de que sabía lo que quería, y lo que más le impactó es que casi a continuación de su descubrimiento, Cristina le decía a ella lo mismo, pero en orden inverso y en voz alta.

–De entrada me pareciste una mujer que sabía lo que quería. Poco a poco percibo cierta fragilidad ¿no?

Ava balbuceó una respuesta. Pero Cristina le aclaró que no le había hecho una pregunta, sólo una observación. Y agregó que solía lanzar de frente lo que otros se guardaban con más prudencia.

«¿Prudencia?», se preguntó Ava. «No sé si yo hubiera sabido decirle a ella mi impresión, aunque tampoco parece que la espere.» Le hizo un comentario sobre el miedo y su posible vinculación con la prudencia.

A raíz del comentario, Cristina buscó un libro en su bolso, le convidó un cigarrillo, le dijo que no tenía tipo de fumadora como no tendría tipo de otras cosas que posiblemente sería también, pidió una cerveza y, mostrándole la portada, le preguntó si lo había leído.

–No leo novelas, me siento absurda colocando un papel manchado de palabras frente a mi cara, pensando que si las palabras son: «El joven invitó a la muchacha», no hay ninguna imagen que me lo confirme como en el cine. Prefiero el cine. Suelo discutir este tema con Gladys. A veces le digo que tal como va por la vida, siempre con un libro por delante, se pierde la mitad de las cosas.

–Te leo este párrafo. Es de una novela.

–Sí, es cierto, me emociona...

–De todos modos, la de las manchas es una teoría fantástica.

Ava se conmovió al encontrarse con una idea suya destacada y valorada.

Parte de su historia con Gladys, la lectura con la que Cristina ilustraba sus razonamientos, más la lectura como hecho vital, les ocuparon más de una hora. Ava recordó después que aún era completamente ignorante de lo que la lectura iba a significar para ella y que en esa hora y pico no había nombrado a su marido ni a su madre, a pesar de que Cristina nombró a la suya y al padre.

Cuando decidieron volver, Ava sentía una satisfacción inusual. En la sala de exposiciones, quedaba solamente el pintor, Beatriz y el hijo, que atrajo a Cristina hacia sí y la ayudó a colocarse el casco. Beatriz le dijo a Ava que una media hora atrás había estacionado un coche en la puerta y por Gladys supo que era su marido. Mientras hablaba, vigilaba la actitud del pintor, se distendió al verlo alejarse hacia el guardarropas y se dirigió a Ava con algo de culpa.

Agregó que no bajó del coche, que apenas pudo distinguir su cara bastante tostada de jugador de tenis, dijo como para demostrar su mundanidad, y agregó, con cierta malicia, abarcando a Cristina, que nadie sabía dónde estaba ella, por lo tanto, él habría supuesto que tal vez se había ido a su casa, que Gladys se había ido con él. Ava se limitó a despedirse y llamó un taxi.

Ava en el espejo

Ava se despertó imaginando a Cristina como una bengala desplegada en el espacio. Le había dicho que la semana siguiente estaría fuera, pero que al volver la llamaría. «Aprender a ser bengala», se dijo. «Bengala», repitió, jugueteando con la palabra en la boca.

El reloj dio las tres de la madrugada. Ava se sentó al borde de la cama, cerca del radiador. Iba y venía por la habitación que, como todos los ambientes del piso, era amplia, las moquetas amortiguaban el ruido de los pasos. Ensayó algunos gestos frente al espejo, se llenó la boca de frases e intentó lanzarlas como hacía ella, aunque acabó perdiendo la paciencia. Su propia imagen le resultaba diluida al contrastarla con la de Cristina, y se repitió por enésima vez que ganaría relieve si volviera el pelo a su color natural. Pero no se atrevía.

Su marido se había quedado dormido en el estudio tras analizar los resultados de complejas estadísticas. Se asomó. Dijo después que al verlo recordó el cuento de la babosa que le había contado Gladys. Volvió a entornar la puerta y siguió dando vueltas sin poder estarse quieta. Se le ocurrió que Cristina podía condenarla si veía el confort que la rodeaba. Se avergonzó, decidió que nunca la traería a su casa y seguiría con la farsa que la convertía en otra, le recordaría a Gladys que no le diera su teléfono a Beatriz ni a Cristina.

Anduvo a tientas por la sala y estuvo a punto de gritar al percibir una sombra veloz que atravesaba el ventanal, pero comprobó que era un gato. Se metió en la cama pensando en lo que había hablado con Cristina, las preguntas que le hizo, la claridad de sus ideas, su relación con la terapia.

«¿Y si yo fuera a terapia, por dónde empezaría? Por cómo conocí a mi marido, por la rigidez de mi madre y la boda, por mi ignorancia acerca de la virginidad y temas afines, por eso raro que siento y que ahora trata de definirse de la cintura hacia abajo. O por mis excursiones al bar. Según Cristina debería emplear mi tiempo en algo que me gratificara y no preocuparme por encontrar un trabajo, que el trabajo debe ser una consecuencia de nuestros deseos, no pude explicarle que mi actual tarea no remunerada de detective me gratifica, que la que va al bar es una Ava que llevo dentro y acabo de conocer, tampoco me hace gracia contarle que hay una mujer en la vida de mi marido y que inicié este espionaje para descubrirla. Ayer, en un momento, me tildó de obsesiva, se reía cuando me lo dijo, nunca me consideré obsesiva, evidentemente, me muestro de otra forma con ella; dijo que si la naturaleza le pone a uno cosas por delante, no hay que dejarlas escapar, me dio una palmadita en el hombro como si ella no fuera la más joven de las dos. No supe a qué se refería, pero me reconfortaron sus palabras.»

Se durmió y soñó que estaba en un pasillo, vestida de gala, removiendo escombros. En cuanto se levantó, llamó a Gladys. Gladys le dijo que su marido la había llevado desde la exposición a su casa y que en el camino le había preguntado si había notado que Ava estaba algo ausente los últimos días.

Cristina reencuentra a su primo

Al mes siguiente, Cristina quería y no quería irse con el hombre casado. De entrada le dijo que no. Él la llamaba insistiéndole. Sabía que conseguiría un buen reportaje, que no era tan sencillo contar con un material como el que él le podía aportar y que ese era otro anzuelo tentador.

Pensó: «Voy y continúo la comedia de la inglesita Rodam aunque mis uñas lo hayan trasladado a un territorio abominable para él y angustioso para mí. Puro masoquismo. Quién lo hubiera dicho: soy masoquista. Algo de los abuelos siempre se hereda. De mi abuela, su aceptación metafísica de la desgracia, especialmente la que provenía de su familia, justificaba a todo aquél con quien tuviera un lazo sanguíneo. Lazo sanguíneo: qué asco, una sucesión de coágulos nos enlaza; lo ineludible: el lazo sanguíneo. A mi primo, el hijo de mi tía Rosa, ¿quién le habrá dado mi dirección? Seguramente, mi madre, que en eso es parecida a mi abuela, a los parientes no se les niega nada, y si la tía Rosa no daba puntada sin hilo o el tío pasaba semanas sin ir a verla, mi abuela decía: "Así somos". ¿Así somos, quiénes? ¿Los Roth o los judíos? Las dos cosas eran la misma para mi abuela amarrada a su libro de recetas y al de oraciones forrado en seda negra ajada, pero digna, cuyos renglones seguía con el dedo rezando cada noche, sin hacerse preguntas, como yo, que tampoco me las hubiera hecho si el hombre no hubiera puesto el dedo en la llaga. La gran llaga: para mi abuela estaba todo en el libro, para cada situación una oración, igual que para hacer un buen *borscht* recurría al libro de recetas, si bien las conocía de memoria. ¿Qué oración hubiera escogido en este caso? ¿Qué pensaría durante el rezo? Decía que había que inventarse un muro de cristal y levantarlo cuando una persona nos hiere. Siempre hablaba en plural. Lo tendría que hacer frente al hombre, levanto el muro, así no lo escucho, le muestro la lengua y le dejo que me toque las piernas. La receta como pasaporte hacia la identidad. Un país es su comida, asado criollo es Argentina, como también lo es la pizza italiana, el turrón español, el dulce de leche inglés y el *borscht* ruso de los judíos. El cosmopolitismo no anula el antisemitismo. Una raza se alimenta con ciertos manjares desconocidos para otros que se transmiten de generación en generación provocando el mismo goce, alimento-sustento-sostén, eso sería el *borscht* para mi abuela:

> *Borscht*
> *Sopa que se puede servir fría o caliente.*
> *Se pelan 500 g de remolacha y se cortan en cubitos.*
> *Se ponen en una olla grande con 2 cebollas, 2 zanahorias en rodajas, hojas de laurel, aceite de oliva, 2 cucharadas de mantequilla y una pizca de sal, y se rehoga a fuego lento durante 10 minutos. Se vierte el agua hirviendo. Se tapa y se cuece a fuego lento durante 2 horas. Se añade zumo de limón y un poco de pimienta negra.*
> *Se deja enfriar. Se retiran las hojas de laurel y se remueve la sopa hasta formar un puré, se añade un poco de caldo vegetal si queda demasiado espesa. Se retira la sopa del fuego, se introduce una bolsita de muselina con remolacha cruda rallada que se deja suspendida.*
> *Se retira después de unas horas y se remueve.*

Yo leo otra clase de libros, que intranquilizan, no dan fórmulas que se pueden preparar, no curan la llaga, puede que la destapen, uno la deja ahí tan propia como los lunares o las pecas, como la angustia. Aunque la llaga sólo se abre por un comentario que pone en marcha la rebelión ante la injusticia milenaria.

Entonces la inglesita Rodam continúa su tarea de farsante en pro de la venganza: se burla de él, lo interna cada vez más en territorio enemigo, territorio judaico, si hasta podría hacerle un hijo que nacería judío como la madre.

La injusticia hizo que mi abuela fuera como fue, sufriera por lo que sufrió, pero también hizo que pudiera mostrar su fuerza. Me cae bien el hijo de la tía Rosa, vino a traerme un donativo del tío, que está enfermo y se cubre las espaldas obsequiando a sus sobrinos; le pregunté a mi primo qué recordaba de la abuela y me dijo, tapándose la carcajada con la mano, que se la pasaba tocando madera, y a coro repetimos: "No se barre por la noche ni se anda en calcetines porque trae mala suerte, no se dejan los armarios abiertos porque atraen a los muertos, no se fuma ni se viaja si es sábado, ¿te caliento una sopita?...". Pienso que en estos recuerdos a dúo están los lazos parentales.

Le dije que me mande fotos de todos. Un primo es como un hermano, no tuve un hermano, me subió la sangre a la cara cuando mi primo me abrió el túnel del judaísmo, se exaltan los lazos que me unen a él, valoro la forma de sus hombros, los dientes cuadrados, las marcas de familia, las semillas de girasol en el bolsillo, sus gafas de carey que yo no recordaba, su habilidad para bajar los escalones de tres en tres, los tobillos delgados que deja entrever la bocamanga del pantalón cuando se cruza las piernas y paso de allí a la sonrisa igual a la del abuelo en el retrato, cuanto más familiar lo siento más hábil me resulta. Es judío, pronuncio, pero sigo sin saber qué es un judío.

La cuestión es que ahora mi abuela planea a mi alrededor, zumba, como una radio que emite en un idioma difícil de entender, pero placentero al oído. La condición de judía es la llaga; una herida antigua, un tajo, un intersticio, un pasaje, eso, un pasaje hacia algo informe como una ameba, algo de irracional, pensarme judía me crea una especie de indulgencia conmigo misma, es un acento, un sentimiento que enlaza con mi necesidad de provocar al otro».

Cristina no supo todavía darse más explicaciones. Pero entonces, por una vez no le era penoso ceder a una falsa ilusión. Se dijo que bien podía ser la llaga una marca de la esperanza y se decidió a viajar.

Estaba en bragas, se echó encima lo primero que encontró y fue a la cabina de teléfonos, le avisó al hombre casado que ya le era imposible alcanzar el avión, pero viajaría en el tren nocturno del día siguiente y que la esperara en la estación.

Se metió en la cama: investigaba y se hacía preguntas que a veces se respondía con otras preguntas que la conducían a nuevas exploraciones.

«El término medio entre mi padre y mi tío es mi abuelo.»

Apagó la luz y su abuelo la contempló con el mismo sombrero de fieltro que llevaba en la foto. Esperó a que le dijera:

«Bien. ¿Qué sientes después de poner sobre el tablero los pilares de tu historia?»

Se dijo que debería tener el tablero siempre preparado, como los buenos ajedrecistas. Pero a diferencia de ellos, le faltaban piezas para concretar el juego. «Por el momento, me conviene acordarme de escrutar debajo del tablero, sostnido por los pilares de mi historia.»

Recordó que su primo tomaría el tren a la misma hora que ella, pero en sentido contrario, se alegró de que su madre le hubiera dado su dirección, se le ocurrió que él podría aclararle más cosas, que a su borroso abuelo le haría feliz ver a sus nietos intercambiar preguntas y respuestas, sintió un vaho envolvente y decidió que le escribiría a partir de sus agujeros.

«Viajaré metida en la piel del abuelo o del bisabuelo»,

se dijo, y siguió dando vueltas sobre la almohada con los ojos abiertos y repitiéndose parte de sus fantasías.

Encendió la luz y se quedó pensando que el encuentro con el hombre no sería tan perjudicial como había supuesto y que podía pretender algún tipo de victoria sobre él como prueba que todo es relativo. De todos modos, ella estaba convencida de que también de los errores se aprende. Apagó la luz.

Ava prueba

Para afirmarse en su puesto de detective, más instalada que nunca sobre el taburete semiacolchado del bar, pero sin tener muy claro cómo seguir adelante con la tarea, Ava jugó a imaginar que ella era otra. «Soy Gladys ¿antes o en la actualidad? Soy Gladys en otra época. Se colocó las gafas como diadema y miró a un punto inexistente con el lápiz en la boca. Si soy Gladys, cuando los vea podré enfrentarlos con un libreto firme, a él, ¿ella qué tiene que ver? ¿Y cuál es el libreto, le digo que los vi? ¿Le demuestro que lo desprecio? Ridículo. ¿Para qué lo enfrentaría? ¿Qué quiero enfrentar? ¿Por qué estoy aquí? A ver, soy Cristina entonces». Se calzó mejor las gafas, juntó el índice y el pulgar para mirar a través de la lente imaginaria la porción exterior que se veía desde allí. «Me quedo muda o le hago preguntas sólo a la chica, le saco una foto verbal. Pero no soy Gladys ni Cristina». Se sentó de espaldas a la empresa.

Estuvo a punto de entablar un diálogo con el camarero que trajinaba en la barra sin interrumpir su concentración, pero demostrándole con su atenta mirada que estaba pendiente de ella o ella así lo supuso. Ava se preguntó cómo reaccionaría su marido si se la encontraba en fluido diálogo con el camarero. «El problema de mi marido –pensó entornando los ojos para ver qué tenía ese joven tan atrayente– es que funciona dentro de unos carriles que tienen prefijado el itinerario. No admite desvíos. Lo desmoronarían. Ese es su problema. Encontrarme hablando con el camarero sería un desvío en su estricto mapa de vida sin resquicios para la sorpresa, en el que todo está dispuesto como tiene que ser, incluidos los viajes con señorita de compañía y el regalo caro para la legítima mujer». Hasta ahora, había tomado esa forma de ser como un indicio de fortaleza, un hombre que sabe lo que quiere, según dicen, en el que una mujer indecisa puede parapetarse. Ahora la indecisión se le aparecía como una virtud, como una posibilidad de probar una cosa y dejarse tentar a la vez por otra, como una manera más flexible de atravesar ese mismo mapa de vida.

Por primera vez, Ava se preguntó cómo era, dijo después. «Evidentemente, no soy la que él cree que soy», fue la conclusión que la dejó satisfecha. En lugar de abismarse en la respuesta, buscó en el bolso una novela policíaca que había iniciado simultáneamente con la pesquisa y la retomó desde la página nueve, que era hasta donde había llegado, en la que se descubría el asesinato de unas ancianitas. Como el asunto la dejaba indiferente, volvió a guardarla en el bolso para devolvérsela a Gladys, le pediría alguna de esas novelas psicológicas que había rechazado hasta ahora. Salió sabiendo que estaba fracasando en su intento de detective y que era poco probable que volviera a ese bar, pero que se había atrevido a permanecer sola en un recinto desconocido no del todo óptimo, que sola significaba no haber pedido apoyo ni habérselo comentado a nadie, no haber sucumbido a la mirada cariñosa del primer camarero tierno, aunque no le había pasado desapercibida, lo cual le abría un camino a recorrer. El libro como acompañante.

Beatriz repite

Beatriz intentaba no contar nada, pero se le escapaba todo. Después se arrepentía.

Hablaba incluso en voz alta cuando estaba sola. Conseguía quedarse callada sólo frente al televisor o mientras se tragaba una novela policíaca. Gladys le había prestado una y ya llevaba leída casi la mitad.

Echó la cebolla picada, el pimiento en tiras, sal, nuez moscada, laurel y un chorrito de vino blanco, mientras esperaba que el sofrito tomara algo de color. Antes de agregar las pechugas de pollo, intentó deducir quién era el asesino de las ancianitas. La operación del crimen la atraía, sin embargo, pasó por alto casi todas las páginas que contenían detalles descriptivos. Abrió una lata creyendo que contenía tomate triturado, pero tres tomates enteros saltaron como ratas sobre el sofrito, que se esparció por los azulejos. Beatriz vio sangre por todas partes y empezó a temblar.

Apagó el fuego, tomó una aspirina, se metió en la ducha, echó una maldición en voz bien alta, había escuchado que gritar bajo la ducha hacía bien, pero recordó la escena de *Psicosis* y no continuó. Se plantó frente al espejo del baño mientras volvía a lavarse las manos, se examinó fugazmente el cutis, lo notó descolorido, apretó un tubo de autobronceador que le había costado más de lo que podía gastar, del tubo salió un chorro de crema con la que se embadurnó todo el cuerpo y le sobró; primero la lata, ahora el tubo, se dijo, «a ver, cuál es el mensaje. Estoy cargada de energía negativa, debería echarme el Tarot.»

Se extendió en uno de los sillones de mimbre, con las piernas sobre la mesita, y encendió el televisor. A los pocos minutos estaba más tranquila, colocó la novela sobre un frasco de la cocina, recompuso la salsa, limpió el baño, y se fue a llamar por teléfono. Antes, se perfumó compulsivamente el pelo y el cuello, y dejó la novela en la habitación de su hijo. Le hizo gracia ver cómo él la guardaba en la mochila de Cristina.

Cristina presta atención a Raquel

Cristina echó una mirada a la habitación por si se olvidaba de algo, vació el bolso antes de cerrar la puerta, sacó la novela policíaca que le había dejado el hijo de Beatriz. Había hojeado unas pocas páginas en el metro y enseguida supo que no le interesaría leer tópicos, le divirtió comprobar que la página donde se narraba el asesinato de unas ancianitas estaba manchada de rojo: sangre o jugo de tomate, y la metió en la papelera. Se llevó en cambio un libro de Laurent Cohen, un escritor judío nacido en Francia que contaba la novela de sus abuelos egipcios desde la mirada de la abuela. La había comprado porque después de los encuentros y desencuentros nocturnos con su propio abuelo, tenía curiosidad por meterse en una historia de otro.

Hacía cuatro años que vivía en la pensión, desde que se fue de su pueblo donde, a los trece, la desvirgó con su aprobación y respondiendo a su propio deseo, un empleado de su tío en el sótano de la fábrica de camas y colchones, situada adelante de su casa paterna, que había fundado el abuelo, sobre un colchón envuelto en su funda de plástico. En su casa, apenas alcanzaba el dinero. Una tarde, su padre llegó con fuertes mareos y al día siguiente murió. Fue él quien le puso el nombre de Cristina así como él deseaba llamarse Cristián en lugar de Jacobo cuando sentía miedo.

No alternaba con nadie y, aunque pasaba gran parte de su tiempo en otros sitios, necesitaba mantener esa habitación pequeña de paredes amarillas que le recordaban la casa familiar (con el patio en el centro, el olor de la magnolia, la foto de los padres sentados en el banco de hierro, ella de pie cercana al bigote del padre que siempre tenía caramelos en lo bolsillos). De la foto y de la habitación le habló al terapeuta. «¿Y de mi madre? No sabría qué decir, es como todas las madres». Una vez al mes le escribía una carta donde no hablaba de ella sino de otra inventada, para dejar contenta a su madre, y le pedía las recetas de la abuela, que había recibido y guardado sin mirarlas, pero que ahora rescataba y releía como si contuvieran parte de los secretos que intentaba descubrir.

«Mi abuela pasó meses en un campo de concentración. No contaba nada. Decía mi tío que le resultaba demasiado doloroso el recuerdo como para verbalizarlo. Ya presentía yo por ese entonces que expresar el dolor es un modo de transformarlo, pero me faltaban palabras para decírselo. Cuando me fui de allí, salí a buscar esas palabras, y encontré además sentimientos que no conocía. Quizás por eso se la pasaba en la calle, de vecina en vecina, todas inmigrantes pero ninguna judía, las llamaba *goies* y les enseñaba a preparar el pescado relleno. Qué asco la visión del pescado crudo triturado, ella lo condimentaba con sal y pimienta, lo mezclaba con huevo batido y harina, y yo me iba al patio antes de que lo aprisionara entre las manos formando bolas, me venían arcadas. Vivía arriba de una panadería mi abuela. Tampoco me gusta el pan desde que me mandaba a buscar un pan especial, que les encargaba como "pan gris", pero que en secreto llamaba "pan goldstein". Uno de esos días, el panadero sudaba y vi como se refrescaba las axilas con la pasta cruda que después aplastó con los dedos, la dividió en bollos, los colocó sobre una larga espátula de madera y los metió al horno. Al rato, me llamó para convidarme el primer trozo caliente que rechacé. Se lo conté a mi abuela: me dijo que ella había vivido cosas mucho peores».

El contacto con primos varones y el modelo de unos padres culposos de ser judíos pobres amarrados al pariente rico que de vez en cuando los ayudaba, la arrojaron a una permanente búsqueda de la emoción.

Faltaba más de una hora para la salida del tren. Estaba poniéndose el abrigo cuando la patrona de la pensión vino a avisarle que una chica la esperaba en el vestíbulo. Se alegró de ver a Raquel que la acompañó hasta la estación. Cristina había intimado pronto con ella, porque, como dijo Ava después, ambas eran seres muy particulares.

Iban pasando las calles, Raquel tenía las manos en los bolsillos, cerca de la estación saludó a algunos merodeadores habituales levantando apenas el mentón. Le propuso a Cristina hacer a su vuelta un reportaje a los que vivían al margen de los circuitos corrientes.

–Es un mundo más puro –dijo Raquel–, esta gente usa todo lo que tiene al alcance de la mano y lo comparte, funciona la solidaridad; el problema es que como unos se apoyan en los otros, a veces la construcción se va al carajo y, como las carencias no se disimulan, te pueden hundir en el momento del salvataje. A propósito –continuó sin interrupción–. ¿Este viaje tuyo es...?

–Por trabajo –dijo rotunda Cristina.

Raquel acompañó a Cristina hasta adentro y se fue. La sola posibilidad de nombrar al hombre casado le había producido un pudor que no había experimentado antes. «Es un ente del circuito», pensó mientras enfilaba hacia la cafetería. Dudó si hacía bien en ir a su encuentro, pero iba.

Gladys disimula su fastidio y se refugia en la ficción

Era martes, volvió al cementerio, pero no encontró al hombre de la otra vez. En el camino de vuelta, sonó su móvil. Era Beatriz que iría a su casa para mostrarle algo.

A Gladys no la alegraba que Ava y Beatriz se ignoraran, pero más la hubiera amargado que congeniaran y acabaran excluyéndola. Ya había experimentado con otras personas la sensación de que la omitían y ni a Ava se lo podía confesar.

Contar o no contar. Decir parcialmente, a medias o entre dientes, era lo que en ella motorizaba la tragedia. Con su madre había podido hablarlo. Había sido tal el entendimiento entre ellas que a veces pensaba que a eso se debía su inestabilidad. Otra de sus frustraciones era que no conseguía hablar a través del cuerpo. En este caso, ella misma se excluía.

Precisamente, admiraba a Beatriz por su dominio de los ojos, la boca, las manos, los dedos, los hombros y las piernas. Le daba la sensación de que se amoldaba a los asientos y demostraba estar a gusto metida en su cuerpo, se decía que parecía no cansarse nunca. Le acababa de avisar que iría a verla al salir de la clínica y la imaginó liviana, «*ligera*, como dicen los franceses», pensó, «aunque Ava insiste en verla chabacana y ordinaria. Dice que es aguda como el nombre que tiene. Recelo mutuo», concluyó. «No creo que compitan, se comparan. No, Beatriz es la que hace las comparaciones, a Ava no le hacen falta.»

En cambio, ella suponía que podía resultarles fastidiosa a las dos en muchas ocasiones. Se preguntaba a quién explicarle sus percepciones, y optó por escribirse cartas a ella misma, cubriendo de esta forma su deseo de recibir correspondencia. Incluso, durante cierto tiempo, fantaseó con apropiarse de las cartas de sus vecinos, elegir las más abultadas, pero supo que la culpa no le permitiría abrirlas y las devolvería al buzón. La hizo sentir mejor su destino de escritora, se distrajo dándole más vueltas a la novela de las mujeres y se quedó imaginando un episodio protagonizado por una ladrona de cartas a la que un amigo intenta convencer de que es más fácil recurrir al correo electrónico, ser internauta, que encontraría otros tan necesitados de comunicación como ella, pero la ladrona le explica que lo que menos desea es explicarle nada a otro como ella.

Se consoló pensando que podía mostrarse firme y práctica cuando la ocasión lo requería, lo cual le facilitaba a diario la vida, y que eso se lo debía a la seguridad que le dieron sus padres, hasta que sonó el portero eléctrico.

Abrió la puerta esperando a Beatriz, que sin bajar del ascensor, se retocaba el contorno de los labios con un pincel finito.

En cuanto entró, le rogó con su habitual ansiedad que le hablara de la cábala.

–¿Por qué la cábala? –le preguntó Gladys sin poder sacarse de la cabeza la idea de la ladrona.

–Porque Cristina se olvidó este cuaderno en mi casa. Esa chica es tan rara...

–¿Viniste para eso?

–Supuse que una experta en matemáticas, es también experta en la cábala.

–...

–No la entiendo, aunque tampoco sé si quiero entenderla. No sé cómo le puede gustar a mi hijo esa voz tan masculina.

–¿Masculina?

Gladys pensó en una novela acerca de alguien que exploraba la cábala.

–¿Puedo mirar el cuaderno?

Mientras pasaba las citas que Cristina había apuntado, Gladys diagramaba casillas mentales. Se le ocurrió la idea del «"reacomodamiento lector": Lo que hace un lector es rellenar intersticios, reacomoda el texto». Comprendió que no eran citas de la cábala, sino pensamientos propios, pero no tuvo deseos de explicárselo a Beatriz.

–¿Lo analizo y más tarde te digo algo?

–No, mejor me lo llevo, confirmo si Cristina está de viaje y te lo vuelvo a traer.

Beatriz se fue como había llegado, con el cuaderno en el bolso y su ignorancia a cuestas.

Gladys se sirvió un *capuccino* y siguió meditando. «Reacomodar el texto es el truco. Si alguien lee: "Gladys sufre su soledad", sentirá rechazo, compasión o comprensión. En los intersticios se podría leer: Pero Gladys hubiera podido no estar sola, habrá habido más de uno a quien ella no aceptó. Es evidente que no aceptaría a nadie por el solo hecho de estar acompañada. ¿Es evidente? ¿Aún lo es? Si lo es, podría llamarse dignidad ¿o estupidez? ¿Beatriz elige o acepta? ¿Ava podrá elegir alguna vez?

¿Qué me importa si Cristina se autocita? Yo también podría hacerlo o podría hacerlo un personaje secundario de mi novela».

Se le había enfriado el café, escupió el sorbo con asco, pero con firmeza.

Cristina va al encuentro del hombre casado

Cerca de las taquillas, Cristina se cruzó con uno de los personajes a los que había saludado Raquel, estaba encendiendo una colilla que recogió del suelo y buscaba más. Estuvo a punto de ofrecerle un cigarrillo, pero sintió una súbita repulsión.

«¿Así será su sentimiento frente a un judío?», se preguntó pensando en el hombre. La idea le provocó una mezcla de cólera e impotencia y se escabulló hacia la cafetería.

Había unas pocas mesas ocupadas, Cristina se obligó a observar minuciosamente a su alrededor, era un buen sistema para no pensar y, a la vez, le permitía detectar composiciones fotográficas imaginarias que conservaba en la mente. «Es preferible que me concentre en las fotos», se repitió, «es lo único cierto, el resto es pura repugnancia, pero lo repugnante es parte de uno y a una le atrae».

Una chica calzada con tacones limpiaba las mesas, otra con zapatos de hombre, repartía las cartas de los helados. «Un buen contraste», se dijo Cristina, «retratar mujeres en series de dos, ¿qué resultaría?, ¿qué tipo de mujeres debería retratar?, ¿conocidas o desconocidas?, ¿en ambientes cerrados o en exteriores? Podría poner una cara en un sitio inapropiado para crear choques: la chica de los tacones frente al hombre casado, en su despacho... No, por el momento sólo mujeres. En principio, las retrato y acto seguido las clasifico. De hecho, me obligará a profundizar sobre el tema de las diferencias».

En el tren, se sentó frente a una mujer con la que contrastaba. Se chocaban sus rodillas con las de una morena que usaba un vestido floreado rematado por un gran volante en el escote y se dirigía melosa al hombre que iba a su lado, más menudo que ella, metido en unos pantalones rayados, que le contestaba sin mirarla y al que, sin embargo, la mujer no dejaba de sonreír. «Esto es más que una foto», observó Cristina. «Pero si la foto fuese la morena y yo, el contraste visible, ese contraste sería falso, en el fondo tenemos algo en común.»

La morena abrió una bolsa de galletas, le convidó primero a su hombre y después a Cristina, bostezó y se adormeció sobre el hombro de él y con la boca abierta. Unas horas más tarde, la morena la sacudió a ella para despertarla, se había quedado dormida y habían llegado al final del trayecto. Cristina se arregló el pelo, se sonó la nariz, divisó al hombre casado y pensó: «No me espera a mí sino a la inglesita Rodam, bien».

Muerta de sueño, se dejó conducir al hotel. Mientras se desnudaban, se sintió afiebrada: «La fiebre es la máquina que la naturaleza da al cuerpo para defenderse», pensó.

El hombre la acomodó de espaldas a él, la apretó contra su cuerpo, y se quedó dormida sin enterarse del resto. Al despertarse estaba sola. Al poco tiempo, él apareció animoso en la habitación y pidió el desayuno. Siempre le llamó la atención la delicadeza con la que se quitaba la cruz que colgaba bajo su camisa. Mientras se quitaba el resto de la ropa, de golpe Cristina le dijo:

–¿A tu padre le disgustaban los judíos? ¿Y a tu madre?

–Judío es llevar un letrero, ellos están marcados, siempre hay alguien que los señala, que les pone por delante el apellido, es como ir por la vida con un rótulo vergonzoso –dijo el hombre eludiendo la pregunta.

«Tanto él como otros semejantes a él son los culpables del terror que dominaba a mi padre, para diferenciarse se santiguan, se hincan frente a una máscara de yeso o de porcelana a la que le besan los pies con los mismos labios con los que atraen a sus hijos pequeños o a sus amantes.»

Ella le miró la boca y él lo tomó como el prólogo de una mañanera entrega ardiente tan habitual y tan especial en Cristina, que se dejó abrazar pero impuso la violencia en el encuentro y lo dominó, poniéndolo loco.

Él avanzaba, Cristina retrocedía, boca arriba, siguiendo el movimiento de su sombra en la pared, repetía la receta de un potaje que hacía su abuela con sémola de ázimo, lo dejaba hervir durante diez minutos revolviendo constantemente revolvía revolvía revolvía revolvía revolvía. Él la abrazó, ella se desprendió del abrazo, se desovilló, se extendió en todo el ancho de la cama, mientras él se erguía sobre sus rodillas y la montaba triunfante. Con la cabeza levemente ladeada, Cristina continuó diciendo de forma muy pausada y ahora en voz alta, la receta de los buñuelos que acompañaban el potaje: «Rallar seis patatas grandes.» «¿Qué más?», preguntaba él admirado por lo que creía una extravagancia más de Cristina. «Escurrir bien el agua.» «¿Qué más?» «Mezclar la pasta con un huevo.» «¿Qué más?» «Sal, pimienta... ¿habrán pasado ya diez minutos?, agregar otro huevo batido, poner a fuego lento en aceite muy caliente…» Los cuerpos se fundieron, la sombra se contorsionó, se alargó, se aquietó.

Comieron en un restaurante situado junto al río, él le prometió que por la tarde le presentaría a un excéntrico personaje muy difícil de entrevistar al que podría hacerle fotos, y le dijo que le pidiera lo que quisiera.

Entonces Cristina seleccionó el mejor vino y le pidió que le contara cómo era su mujer.

Gladys se junta con otros personajes

Mientras Ava se durmió desgranando lo que le había dicho Cristina y calculando que estaría en el tren, Gladys se durmió pensando en la novela y soñó. En el sueño estaba acompañada por unos actores de teatro y ella participaba del espectáculo, ponía especial atención, hasta que el sueño se esfumó, y Gladys se quedó despierta mirando su sueño como si fuera un cuadro. Entonces se le apareció un lugar que presentía conocer y la animó la idea de reconstruirlo.

«¿Y si la novela fuera la reconstrucción de lugares en los que algo le había pasado o pudiera pasarme?», pensó. «Podrían ser lugares en los que otras mujeres vivieran cosas, comparar los hechos vividos por esas mujeres podría sostener el hilo y las complicaciones. Mi casa, la casa de una de las mujeres protagonistas en la que conoce a un hombre capaz de ilusionarla; el cementerio, donde se cruza con otro hombre, y hasta podría ser en una habitación de una clínica parecida a un hotel, los lugares se le aparecían nítidos en un orden anárquico; una pensión como sitio novelesco, una calle oscura, y los bares, sin duda: no puede faltar una mesa que denuncie el alejamiento o enfrente a algunos personajes. Del orden que establezca entre los lugares, dependerá tal vez la intriga. O de cómo se desarrollen las relaciones entre los personajes en esos lugares. O del lugar en el que instale a cada personaje. El orden y el diagrama de relaciones debo establecerlo yo, en este punto radica mi compulsión ante la novela.»

Sin embargo, en lugar de disponerse a escribirla, se dispuso a soñar.

Ava intenta recuperar emociones

Ava estaba imaginando nombres para la hija que no tuvo. «Clara o Blanca: son parecidos a Ava», pensó. «Nombres incoloros, transparentes», dijo después, y dijo que si el nombre lo predispone a uno, el carácter invisible de la transparencia la había predispuesto a temer: temor a no ser vista o a ser aplastada. Cuando iba en coche, fantaseaba con que otro coche se empotraba sobre el suyo dejándola inconsciente. Ante la visión, primero se aterraba, luego se relajaba, como si su destino hubiera sido aplastarse para renacer, dijo después. No hubiera sabido qué hacer con un hijo. Lo hubiera sentido un extraño expulsado por su cuerpo, le asqueaba la exacta repetición de piernas, barrigas, espaldas encorvadas, mandíbulas afiladas, talones redondos. Se preguntó cómo lo viviría Beatriz, a la que notaba pendiente del hijo a través de la mirada. En cualquier caso, hubiera preferido una hija –Clara o Blanca, se repitió– a la que –sobre todo– le hubiera pedido su opinión antes de tomar decisiones que la afectaran. «Mi nombre es un comienzo de algo, una marca de tiempo. Todos los comienzos son despóticos, pensó: lo que queda grabado en la gente es cómo empiezan las cosas.»

Cerró los grifos, salió de la ducha, tenía mucho frío. Buscó en el fondo del estante la chaqueta violácea que había relegado porque al marido le disgustaba. Él se había ido de viaje como todos los segundos jueves del mes, sin responder a la propuesta de acompañarlo que ella le había hecho para tantearlo. Se la puso como desafiándolo.

También fue impreciso en los horarios del vuelo que ella intentó conocer para espiarlo. Se estiró sobre la cama, pero inmediatamente se enderezó, se apoyó contra un enorme cojín, con la vista fija en un remoto cielo de otro verano.

El día anterior, en la peluquería, había dudado entre recuperar su color de pelo natural o volver al amarillo, por si encontraba al Julián de aquella época. Sin embargo, mientras la peluquera le colocaba la toalla, se apresuró a decirle que se lo alisara como siempre y eludió el cambio de color.

Mientras se peinó con los dedos repitiendo el gesto de Cristina, recorría la guía telefónica sin recordar cómo se escribía el apellido de Julián. Ensayó posibilidades en el primer papel que encontró y buscó esas posibilidades en la guía. Descubrió que la pesquisa la excitaba, dijo después. Encontró cuatro veces escrito ese apellido, de dos modos distintos, ninguna incluía la J de Julián. Casi temblando, llamó al número del primero de la lista y acertó.

–Buenos días. ¿Es la casa de Julián?

–Si señorita –respondió una voz femenina vacilante, cansada.

Ava se quedó muda ante el silencio que se repetía del otro extremo de la línea. Empezaba a arrepentirse de haber preguntado, se preguntaba quién sería la mujer, la imaginaba haciéndole una seña a Julián, inspeccionando la conversación; se sentía metida en el rol de la mujer del telediario, una invasora. Estaba pensando en la excusa que le daría o en cortar la comunicación, cuando la mujer habló, más tenue la voz, como si le costara prepararse a decir lo que hacía un tiempo había dejado de decir.

–Dígame, señorita, ¿quién es usted?

–Perdóneme, ¿y usted?– preguntó, a su vez, Ava.

Las conjeturas iban y venían por su mente.

–Soy la madre de Julián.

–Ah, sí. La recuerdo –dijo aliviada–. ¿Se acordará usted de mí? Soy Ava.

–¿Ava?

–Hace muchos años. Algunas veces me invitaba Julián

a su casa y usted siempre nos servía bizcochos caseros, de chocolate. Y recuerdo el gato, un gato blanco, ya no estará.

–No hija mía, ni Cascabel ni mi Julián. Ya hace cuatro años. Fue una tragedia, un accidente en la montaña, cayeron, cayeron –repitió la mujer, algo incoherente.

Pero Ava no deseaba conocer los detalles y cubrió con la mano el auricular.

–Vendrás a visitarme, ¿no? –alcanzó a escuchar que le decía.

–Sí señora. Iré.

–¿Te doy mi dirección?

–La tengo –le contestó Ava con el dedo en la guía y leyéndosela en voz alta.

Al colgar el auricular vio el cuerpo caer como en una imagen de cine o en su sueño, donde también caía a un precipicio, pero delante de él caía su marido.

Arrojó lejos la guía telefónica, como si con ella hubiera podido arrojar el recuerdo. Se apretó contra la almohada y hundió los puños en los ojos hasta ver luces.

Se sentó en el salón, orientado hacia la terraza de tal manera que quedaba presidido por una mitad de un árbol centenario para cuyo cuidado el marido había contratado a un especialista. Se hundió en el sillón y le dio la espalda a la terraza. Enseguida lo abandonó y se paseó de aquí para allá repitiendo: «Muerto, muerto, muerto».

Al cabo de un rato, se maquilló, se calzó unas medias de seda violáceas como la chaqueta, una falda estrecha de piel que a su marido no le gustaba; metió en un bolso dinero, el esmalte de uñas, la caja de aspirinas, unas cuantas prendas, se colocó todos los anillos que encontró en el camino y los zapatos más cómodos.

Echó una mirada afectuosa al dormitorio, como despidiéndose de un ser querido, fue hasta el tocador y se echó unas gotas de perfume, acarició el cubrecamas y atravesó indiferente el salón donde muchas de las sofisticadas novedades que el marido había introducido habían sido acompañadas de la exclamación: «Si supieras, Ava, cómo hubiera disfrutado mi madre, de esto o de aquello».

Hizo el pedido al supermercado y le dejó una nota a la asistenta como si no pudiera dejarse llevar del todo por su impulso y lo disimulara recurriendo a lo habitual. Dio dos vueltas de llaves, sin saber cuánto tiempo tardaría en volver.

Al salir, el portero le entregó el periódico. Durante un lapso se quedó amarrada al titular de la primera página sobre la liberación de una mujer secuestrada por la que su marido había pagado un fuerte rescate. «¿Qué hubiera hecho mi marido?», fue la pregunta que la rozó como una sombra. Le costó encontrar respuestas hasta que se burló de su juego, tapado por la incomprensible noticia de su primer novio muerto. «Tal vez se conserva alguna foto de él en casa de mi madre, qué hubiera sido de mí si estuviera con él, sería una viuda joven y no la mujer de alguien que tiene una amante a la que anhelo conocer.»

Esa noche no hubiera soportado recibirlo con naturalidad, contarle lo que él deseaba escuchar, aunque reconocía que más que el rencor, dijo después, lo que la acicateaba era el vértigo, un vértigo similar al de esos tiempos en que al encender la radio uno se encontraba con un toque de queda, la imposición de las circunstancias, un hiato en la línea continua de los días.

De todos modos, salió casi de la misma manera que lo hacía antes, cuando daba vueltas por las grandes tiendas, iba al gimnasio, a cenar con Gladys y volvía a su casa con cierta inquietud que calmaba frente al televisor, aunque ahora el itinerario había variado.

Mirar la distraía. Su marido le decía que no discriminaba.

–Debes prestar más atención a los detalles.

«¿Cómo puede opinar sobre mi modo de mirar? Me recuerda a mi madre. En eso y en otras cosas», se dijo, aunque reconoció que la advertencia de él era acertada y eso la enfureció, admitió que a él le resultaría más sencillo endilgarse una amante al tener una mujer poco observadora. ¿Si no miraba, qué hacía? ¿Pensar? ¿En qué? ¿Cómo? ¿Y cómo mirar? En realidad, debido a su condición de tímida o indecisa, no miraba lo que veía porque tampoco decidía, sino que esperaba a que las cosas sucedieran, y sucedían impulsadas por otra persona. «¿Soy cómoda?», se preguntó.

Pero en lugar de movilizar su indulgencia, el descubrimiento la conminó a actuar.

Sin dudarlo, enfiló hacia la pensión donde vivía Cristina, que suponía ya estaría de vuelta. Fue andando un buen trecho, algo que no acostumbraba a hacer. En lugar de estar pendiente de su espalda recta –otra obsesión que le debía a su madre–, se dispuso a mirar: colocaba el dorso de su mano bajo sus ojos para recortar las imágenes, registraba bocas, cejas, y no le importaba lo que pensaran los transeúntes al verla. Poco antes de llegar, telefoneó a Cristina desde una cabina.

El marido de Ava rebobina

Desde su escritorio, el marido de Ava dejó los ojos fijos en la ventana. Estaba sorprendido porque Ava le había dejado la tarde anterior un escueto mensaje a su secretaria, antes de que él volviera de viaje, y no sólo no la encontró esperándolo como de costumbre, sino que no había dormido en la casa. Eran las once de la mañana y no tenía noticias. Pensó que estaría en lo de su madre o en lo de Gladys, pero se sorprendió más cuando volvió de almorzar y su secretaria le transmitió un mensaje idéntico para esa noche.

Observó los muros ennegrecidos. Se dijo que podría llamar a Mónica o, incluso, a la pequeña, pero no lo entusiasmó la idea. La decisión de Ava lo mosqueaba.

Levantó la cabeza y vio un balcón que no había visto antes. Más allá de los maceteros cargados de plantas, tras los cristales, las habitaciones parecían sumidas en un silencio total. Se vio con Ava al principio, vivían en un piso pequeño y cenaban en el balcón, Ava traía la cena, hacían proyectos, no encendían el televisor hasta que no llegaban al postre, no duró mucho esa época en la que él ambicionaba sin verbalizarlo parte de lo que había conseguido.

Divisó la silueta de una mujer joven atravesando la sala. La mujer salió al balcón con un cesto repleto de ropa, mientras la extendía le dijo algo a un hombre joven como ella que se asomó y le ayudó a tenderla riendo. Cuando acabaron, él le dio una palmada en el trasero, entraron y ya no los vio.

El marido de Ava estaba tan impactado con la escena que no escuchó llegar a un empleado con un envío que esperaba. Se quitó las gafas, se pasó una mano por los ojos y la frente, firmó sin prestar atención. Por el interfono le comunicaron que tenía una visita, preguntó si era mujer. La telefonista le dijo que sí. Se le ocurrió que podría ser Ava aunque ella nunca había venido sin avisar. Pero era la promotora de una firma importante. Mientras ella le exponía las convenientes razones de un intercambio comercial, dirigió varias veces la vista hacia el balcón solitario. De vuelta en el sillón después de despedirla, sintió un molesto cosquilleo en la nuca, marcó el número de Gladys, luego el de la madre de Ava, pero ningún teléfono contestaba. El cosquilleo persistía. Le avisó a su secretaria que suspendiera los asuntos del día. Se metió en el ascensor rumbo al parking, pero antes de llegar bajó en el piso de primeros auxilios donde pidió que le tomaran la tensión, le dio normal.

Puso en marcha el coche, en el semáforo se distrajo y sonaron los claxon. Tomó por una calle menos transitada. Se preguntó por qué unos días atrás Ava le habría pedido que le hablara de sus compañeras de trabajo. Descartó enseguida el asunto y pasó a otro tema, como era su costumbre cuando no se trataba de un asunto financiero.

Se metió por una avenida arbolada, iba en segunda.

Recordó un día que estaban en la cama, cubiertos por una sábana de hilo color granate, hacía calor, no podían dormirse. Estaban en la oscuridad esperando la brisa. «En eso coincidimos», se dijo el marido de Ava, no nos gusta dormir con aire artificial. Aquella vez él hubiera querido decirle algo de lo que le pasaba, era una noche especial. Deseaba decírselo sin preocuparse por las consecuencias. Empezó por preguntarle si era feliz. Ava, a su vez, le preguntó qué era para él la felicidad. Siguieron, de pregunta en pregunta, hasta que la brisa los adormeció. A la mañana siguiente, todo había continuado como de costumbre, no mencionaron el diálogo interrumpido ni él le dijo lo que había deseado decirle porque no hubo otra noche en la que coincidieran insomnes. Recordándolo, le echaba la culpa a Ava que fue la que empezó a preguntar.

Sin calcularlo, había llegado frente al edificio donde vivía Gladys. Buscó estacionamiento dando varias vueltas a la manzana. En esos días, Ava le había hablado no sabía bien qué acerca de una entrevista para un trabajo, hizo un esfuerzo para precisar la conversación. Antes de consultar en su libreta de direcciones el piso de Gladys, tomó de un trago una copita de jerez en el bar colindante. Cuando la llamó por el portero eléctrico, Gladys le dijo que no tenía noticias de Ava, que estaba reunida con un grupo de alumnos y que la esperara o cuando acabara, lo llamaría.

Por más que trataba de restarle importancia a la situación, de considerarse ridículo, se sentía contrariado.

Durante el trayecto de vuelta hacia su casa evocó de pronto aquella vez que volvía contento del colegio porque había aprobado todas las asignaturas y no encontró a su madre en casa para decírselo. Se fue hasta la tienda donde ella trabajaba y llegó justo cuando su madre salía. Lo saludó alegrándose, desde la acera de enfrente con la mano enguantada, pero en vez de cruzar la calle y abrazarlo, subió a un coche con el motor en marcha que arrancó y se la llevó mientras le tiraba un beso con el índice. La situación duró pocos segundos, pero a él lo marcó para toda la vida. Unos meses más tarde, la madre abandonó al padre y él se tuvo que quedar con el padre. Espantó el recuerdo como a una mosca, sin analizar por qué aparecía en ese momento.

Uno de sus clientes se jactaba diciendo: «A una mujer la puedes conservar si la has comprometido con la sociedad y con los intereses.» En ese sentido, estaba tranquilo. Atribuyó definitivamente la conducta de Ava al deterioro que sufría la madre y dio por seguro que estaría haciéndole compañía, la llamó y la madre lo trató como a un desconocido, e incluso fantaseando le aclaró que la señorita

Ava estaba preparándole una tisana, ella le diría que un señor la llamó. Insistió pensando que se trataba de una broma, pero ya no pudo comunicarse. Leyó durante un buen rato los periódicos, apagó la lámpara, se atravesó en la cama y estuvo pendiente de los ruidos: el reloj, el motor de la nevera, los coches, ciertos pensamientos molestos. Pero el teléfono no sonó.

Cristina recibe un mail del primo

La primera respuesta que Cristina recibió de su primo le provocó una sensación espacial, se amplió el lugar que ocupaba en el mundo, como si la rodeara una aureola sobre la que estaba instalada y le pertenecía. Se concentró en el párrafo final:

En lo que a tus preguntas se refiere, querida prima, comprendo que haya un lugar vacío. Yo tuve que reconstruir el mío y lo que hallé fue tan maravilloso que aún no me he recuperado. Desde muy antiguo existen para el judío dos palabras, la sagrada y la profana; la primera es sublime, inteligente, trascendental. La segunda, útil, inmanente. La primera está ligada al hebreo y a la Biblia, Libro de Libros, en tanto que la segunda al espacio tiempo en el que el judío se halle. La palabra hebrea es, más que un jeroglífico, un totum de significado. La palabra profana, en cambio, en español o en inglés, no es fundadora y, para muchas cosas, rodea la realidad sin abrazarla por completo. Pese a esta sobrevaloración de la palabra, todavía es más valioso el silencio, llamado demamáh, que contiene las voces dam (sangre) y hed (eco). Sólo el silencio permite, entonces, oír el silencio con que fluye nuestra propia sangre. Por hoy es todo. De todos modos, nunca olvides que no se es de una vez para siempre, uno es haciéndose. Un abrazo.

Tu primo que te quiere

Ava recurre a Cristina

Ava le pidió albergue a Cristina hasta que se le pasara la sensación opresiva que le producía su casa. De la mujer del telediario no había logrado averiguar nada ni notaba indicios de ella en su marido. Por un momento quiso creer que podía haber sido un espejismo, que podía haber interpretado mal lo que vio. «¿Estaría realmente con una mujer?» No se detuvo demasiado en la respuesta. Ya no era lo que más le importaba. Le dejó un mensaje en la empresa y se fue.

Fumaba sin parar mientras le explicaba a Cristina que en su propia casa se sentía como en un hotel, salvo cuando se metía en la cama y encendía el televisor.

–Hay hoteles y hoteles –dijo Cristina alcanzándole el folleto del último en que había estado con el hombre casado y preguntándole si se refería a uno como ése.

–Estos hoteles son los que le gustan a mi marido, cinco estrellas –se limitó a decir Ava.

Cenaron en el restaurante vecino a la pensión rodeadas por un mejicano, una francesa y otros que saludaban a Cristina, de modo que se creaba una atmósfera de camaradería inexistente en los restaurantes que Ava frecuentaba y que le despertó una alegría olvidada, la del único campamento al que había ido a los quince años.

Ava estaba dispuesta a pedirle consejo sobre su situación, pero a medida que transcurría la cena se fue olvidando de su problema, prefirió dejarse llevar por eso que sentía, «como olas, como si estuviéramos en un acuario», se dijo, pensando que ella no podría reconocer tantas caras ni cambiar de expresión con cada persona, como hacía Cristina que, sin saber cómo, le estaba contando una historia suya en la India con un ocasional compañero de viaje al que le mintió que había publicado un libro de fotografías, le había dicho que en una había captado el instante en que un policía le disparaba a un africano, en otra a un manifestante que pedía clemencia, y le había mentido más cosas para verse a ella misma desde el ángulo de la mujer intrépida.

–¿Y cómo te vio?

–Eso era lo que pretendía, ver qué me pasaba desde su mirada. Estimuló un costado valiente de mí misma que me propuse reforzar. Un juego útil. A veces me gustaría contratar un detective que me siguiera y me diera informes sobre mí sin saber que soy yo, como la protagonista de esa novela de Millás.

–¿Como las que contratan un detective para seguir al marido?

–No, a ésas lo que les aportará el detective serán elementos para desconocerse más que para conocerse.

–¿Pero si saben que el marido tiene una amante?

–Se lo podrán confirmar. Y tal vez les sirva para formularse preguntas. O formulárselas a él, que es lo más común y lo menos ventajoso.

El mejicano, la francesa y muchos otros se fueron y ellas seguían allí. Antes de marcharse, la francesa se acercó a ellas, le hizo un comentario a Cristina que Ava no entendió bien con su francés de segundo de la Alianza, salpicado de carcajadas breves y sonidos de pulseras, pero seguía como hipnotizada. Se sentía más viva que nunca, comparaba ese momento con la vida que llevaba, de la que estaba queriendo huir o borrar de un plumazo, a la que se había dejado arrastrar, con un hombre del que conocía los gustos culinarios o sus hábitos mundanos, al que adivinaba ciertas expresiones, pero del que no sabía qué pensaba ni se propuso averiguarlo, salvo en alguna ocasión en la que sus conversaciones habían quedado truncas, él le contaba a veces los sueños y le pedía su opinión, la última vez fue bastante explícito, tal vez pretendía que ella estuviese más atenta, soñó que estaba en un hospital y por la noche se escapaba de la cama, perseguía a las enfermeras, pero nunca las alcanzaba; Ava le había dicho que le temería a la edad, en lugar de hablarlo con él y un manto de neblina cubrió los colores de la escena ante esa evocación.

–¿Entendías? –le preguntó Cristina cuando la francesa se fue y añadió algo más ante la expresión perdida de Ava–. Tiene un lío con un ejecutivo, y el problema es que parece que se enteró la mujer.

«¿Quién es el ejecutivo?», hubiera querido preguntarle Ava, pero no lo hizo. En lugar de eso, Cristina le habló de un amigo casado y ella le preguntó si sabía algo de su mujer, si la conocía. Cristina le respondió que él la definía como indecisa, sin convicciones propias. «Sin él», dijo que decía, «ella no daba un paso». Ava le preguntó cómo era él. Y Cristina le dijo que su terapeuta lo consideraba un insatisfecho.

–¿Y según tu opinión? –dijo Ava.

–En realidad, un indeseable.

Ava no se atrevió a preguntar más porque intuyó que Cristina no le hubiera confiado la razón.

Tuvieron que meterse en la habitación pasada la medianoche para evitar el control, dado que en la pensión no admitían visitantes, y Ava tuvo que entrar como un polizón mientras se preguntaba qué opinaría Cristina de ella, pero Cristina no juzgaba, como temía Ava: «Me aprobará o me reprobará» marcaba el ritmo de su entrada en la pensión. Era ella misma la que se reprobaba, oscilaba entre sus deseos y el deber ser. Sin embargo, al recordar la pleitesía que le rendía el portero en la entrada del edificio a la que se accedía después de pasar su control, las puertas herméticamente cerradas, incluida la del ascensor, la cama que compartía con su marido, se aferró al sofá estrecho en el que estaba acostada, se quedó largo rato fijada en el trocito de cielo que dejaba ver la ventana y lloró quedamente.

Al día siguiente, durmieron hasta tarde, salieron a comer a la hora de la siesta, en la que no había nadie en recepción. Luego Cristina distrajo al dueño y Ava pudo eludirlo. Nuevamente la contradicción: no tenía claro si prevalecía el deseo de no volver por un tiempo a su casa y a la vida habitual o el de continuar representando un papel que le descubría inesperadas facetas de ella misma. Cristina le había dicho que podía quedarse el tiempo que quisiera y no tenía una opción mejor que ésa. Sin embargo, Cristina volvió a irse y al quedarse sola la ansiedad se impuso. Estar de incógnito agudizaba su sensación de ajenidad. «Esta pensión me intranquiliza, si pudiera encender el televisor. Pero me advirtió que no lo hiciera.»

Intentó leer los libros que Cristina le había dejado. No pasó de las primeras páginas, le dolía el estómago. Culpó a la comida, Cristina le había insistido diciéndole que en una novela se comprobaba que los males del alma se curaban con una buena comida. Sin embargo, no demostró demasiado interés por saber de qué males padecía ni ella se explayó, aunque dejó entrever que el causante era su marido.

Consiguió relajarse y se puso a revisar una libreta de Cristina que estaba sobre la cómoda, se detuvo en unas cuantas hojas sueltas y dobladas que contenían recetas de comidas y una carta firmada por el primo.

Si bien no entendió todo lo que leyó, dijo después que descubrió un territorio insospechado.

Recorría con interés el contenido, al mismo tiempo que imaginaba a Cristina en un gesto habitual, quitándose los anillos, apretándose una mano contra otra provocando el crujido de las falanges y mirando a un punto fijo, entre anotación y anotación.

Las reflexiones sobre el judaísmo la estremecieron levemente:

«La construcción psíquica de alguien que teme a todos aquellos diferentes a él», repitió Ava para sí siguiendo los renglones desordenados.

Pasaba expectante de un apunte al siguiente, de un tema candente a una nota determinante, salteaba párrafos y volvía atrás.

Fotografía: El detalle bien elegido revela otros. La foto también revela lo que el fotógrafo no vio.

«El cámara del telediario no vio que filmaba a mi marido con esa mujer. Y yo no sé si vi lo que él filmó. Vaya tema.»

Sueño: Una coreana resistió dieciséis días bajo los escombros de un edificio porque soñaba que un monje le ofrecía una manzana.

«Mi cabeza es como esta libreta, últimamente, o como una autopista, con puentes, túneles, a veces me olvido de encender las luces. Debería apuntar tantas ideas, el riesgo es que me las lean», se estaba diciendo al mismo tiempo que pasaba las páginas, cuando encontró una lista, «buscar en casa», en la que, en segundo lugar, decía: «libros para Ava».

Se emocionó al descubrirse escrita.

Se metía a hurtadillas en el mundo de Cristina como vía esperanzadora hacia un espacio propio, del que empezaba a percibir destellos. «Soy como esa coreana, creo que podría resistir si el sueño fuese tangible.»

Con el tiempo, seguiría recordando buena parte de las anotaciones casi de memoria. Así lo demostró después y dijo que ella había intervenido en el destino de Cristina sin proponérselo.

En la habitación contigua alguien se quitó los zapatos y los dejó caer. Cristina le había recomendado que no saliera al baño, que estaba al fondo del pasillo, sino que usara el cubo, le dio repugnancia la idea y se quedó mirando a su alrededor; el armario, en el que Cristina había improvisado un laboratorio de fotografía, y se detuvo en una foto de ella en blanco y negro pensando que a Cristina le brillaban mucho los ojos y estaría mirando al fotógrafo con ansia. Detuvo la vista en los numerosos frasquitos llenos hasta la mitad, en los zapatos alineados contra la pared, y pensó que ostentaban el modo de andar de su dueña, rítmico, ondulante, como si volara.

Durante la comida, Cristina le había contado que a su primer novio lo conoció de vista en la entrega de premios de un concurso fotográfico. Averiguó su dirección y le mandó una carta, se cartearon durante tres meses. Llovía cuando se encontraron bajo un paraguas en la plaza principal de su pueblo, se metieron en la sala de exposiciones y como le desagradó la voz del chico, le propuso continuar la relación por carta. Le aclaró que la mayoría de los hombres la intrigaban, pero que, por una causa u otra, a medida que los frecuentaba perdía el interés.

Ava dijo después que hubiera deseado pedirle más detalles, pero no se atrevió, se sintió especialmente cohibida cuando Cristina agregó que le ocurría sentirse muy atraída y odiar a un hombre a la vez, y que en esos días lo estaba viviendo de ese modo. Sin interrupción, y como hablando para ella misma, dijo que el odio dejaba paso a la rabia e iba ganando terreno la rabia. Ava intuyó que no se refería al hijo de Beatriz, pero tampoco preguntó.

La pensión se silenció, pero la desazón de Ava resurgió, Cristina le había dicho que vendría tarde y no toleraba más el encierro. Se calzó, cogió el bolso y el abrigo, llegó hasta la puerta en puntas de pie, la abrió un par de centímetros y se arriesgó a salir. A lo lejos, desde donde calculó que estaría el salón, se escuchaba la transmisión de un concurso de boleros y un murmullo indicador de que los pensionistas se apiñaban atentos frente al televisor. Agudizó su atención antes de ingresar al vestíbulo, al atravesarlo velozmente vio un periódico abierto tras el cual supuso a un posible delator. Casi en la puerta de salida, se topó con la dueña que acababa de recibir una llamada telefónica para Cristina y la estaba buscando. Le dio un nombre falso y salió del paso como pudo. Llegó a la esquina sin saber cómo. Pensó: «Si tuviera que repetirlo, no podría». No sabía adónde ir. Eran las ocho y veinte.

El marido de Ava pierde las pistas

Como era habitual, el marido de Ava había salido de su casa a las nueve de la mañana. Sin embargo, en lugar de encender la radio al poner el coche en movimiento, buscó en el bolsillo interior de la americana la pluma que Ava le había regalado en Navidad y se la quedó mirando como no lo hizo cuando ella le alcanzó el paquete con la mano enjoyada. Aquella vez la había guardado mecánicamente en su estudio y se fueron a cenar con el presidente de la empresa. Pensó que no se imaginaba acompañado por ninguna otra mujer en una Navidad o en una cena así. Continuó diciéndose que la pequeña, como llamaba a Cristina, tenía reacciones impredecibles, que Mónica era escandalosa y hablaba mucho de dinero, que con Ava estaba casado por la iglesia. Guardó la pluma y recordó a otras mujeres más o menos esporádicas. «Soy un tigre», dijo para dentro, y se aprobó en el espejo del coche después de aparcarlo en su espacio exclusivo.

Instalado en su despacho, dio un vistazo al edificio de enfrente comprobando que todos los balcones estaban desiertos. El día transcurrió relativamente rápido, la empresa estaba en expansión y su agenda era abultada. Prefirió no responder a las dos llamadas de Mónica a la que la recepcionista tuvo que convencer para que no insistiera.

Confiaba en que encontraría a Ava en casa. Pero su malestar reapareció al comprobar que la casa continuaba solitaria, todo estaba como él lo había dejado la noche anterior al volver de su excursión frustrada por la ciudad.

Encendió el aplique de la entrada, colgó la americana en el perchero, fija la vista en el salón oscuro, lo atravesó de memoria pisoteando el papel en el que Ava había ensayado apellidos para su Julián Sorel. La asistenta había venido, pero no encontró las llaves en la portería, así que en la cama continuaban los periódicos viejos y el único hueco en la almohada. El armario de Ava estaba entreabierto, hurgó en el primer cajón entre su ropa interior pero se sintió incómodo y lo cerró. En el segundo, se topó con el collar y la pulsera de perlas, elegido por su secretaria, que le regaló el día de su aniversario. Pensó que él tal vez hubiera elegido otro modelo. A lo lejos se escuchó un ladrido. «Deberíamos tener un perro», pensó mientras se preparaba un aperitivo y encendía el contestador, había una serie de mensajes intrascendentes y uno lacónico de Ava en el que le decía que volvería al día siguiente, lo escuchó dos veces. Se recostó sobre la cabecera de la cama hasta que acabó la bebida servida poco antes. Dio vueltas y más vueltas sin que nada lo conformara. Encendió la radio. Nuevamente llamó a la madre de Ava, pero comunicaba permanentemente y supuso que sería Ava contándole a Gladys las vicisitudes de una noche como ésa. A las ocho y cuarto, llamó a Mónica, que le dio a entender que estaba a punto de cenar con su marido –lo cual significaba que el marido estaba escuchando la conversación–, y lo invitó a cenar con Ava la noche siguiente. A las ocho y veinticinco, llamó a la pensión y preguntó por Cristina, la dueña le respondió que esperara y fue a buscarla. El marido de Ava le dio un nombre falso y esperó pensando que la pequeña se entusiasmaría con la sorpresa y que después de todo iba a ser una noche regalada. La evocó en la playa, con los brazos y las piernas muy abiertas, entregada al sol, «como no se atrevería a hacerlo Ava», conjeturó.

No se podía imaginar que a esa misma hora, la dueña de la pensión se topaba con Ava saliendo de la habitación de Cristina, que al sobresaltarse le decía que había encontrado la puerta sin llave, que ella era una amiga que venía a traerle un recado, que se llamaba Miriam. La dueña le preguntó si conocía a un tal Atilio, que estaba en el teléfono y preguntaba por Cristina, que Cristina debería tener más cuidado al salir, que no se puede vivir así, y refunfuñando llegó al teléfono y le informó al tal Atilio que la señorita no estaba, que en todo caso podía hablar con su amiga Miriam, mientras Ava se iba de la pensión atropelladamente.

El marido de Ava encargó una botella de ron y una pizza a domicilio.

Ava deambula

Ava detuvo un taxi y le indicó que siguiera hacia el centro, por decirle algo. A su casa no quería volver, no estaba con ánimo de encontrarse con su marido y tener que inventar una historia. A Cristina no le había dejado ninguna nota porque no sabía qué iba a hacer y tenía el móvil apagado. Lamentaba desconectarse de ella, a la pensión no se podía telefonear después de las nueve de la noche y al día siguiente Cristina tenía una sesión intensiva de fotos. Pensó: «¿Y si voy a lo de Raquel?». El taxista le miró por el espejo retrovisor esperando una indicación. Ava buscó una servilletita que tenía en uno de sus bolsillos con la dirección de Raquel. Decía algo parecido a Tacuarí, pero no estaba claro. El taxista la volvió a mirar a través del espejo y, sin variar la expresión, le lanzó: «Usted tiene problemas». Ava se inquietó, pero se hizo la sorda, le repitió que siguiera recto, escudriñaba las calles que cruzaban buscando una solución. El taxista insistió con que pronto acabarían sus problemas y los de todo el mundo: «Más pronto de lo que supone». «Yo no supongo nada», pensó Ava. El taxista le preguntó si acostumbraba leer la Biblia, le aclaró que en la Biblia estaba todo, que el paraíso esperaba a la humanidad si uno era creyente, sacó un librito de la guantera del coche donde Ava alcanzó a ver una buena cantidad de libritos iguales, se giró hacia el asiento de atrás, puso una expresión entre escéptica y beatífica y le extendió el librito. Ava miró en la portada un diablo persiguiendo a una niñita rubia, que le daba la espalda a un lienzo celestial. Se sintió apresada en el territorio del taxista, le dijo que se lo compraba, apresurada por esconder en su bolsillo esa imagen perturbadora, pero el taxista le dijo que se lo regalaba, que leyera la palabra del dios superior, que dialogara con él y le creyera, así podría mantenerse al margen de todo en este mundo donde nada valía la pena.

Leyó Salta, Santiago del Estero, sin que le aportaran alguna luz, pero le dijo que se bajaba allí, y en cuanto el taxi desapareció, tiró el librito. Temerosa de que el taxista reapareciera, se metió en la primera transversal iluminada, volvió a doblar y así lo hizo sin atreverse a averiguar dónde estaba Tacuarí hasta que ya no pasaban personas ni coches. Sin embargo, percibió pasos a sus espaldas, a medida que avanzaba imaginaba que se multiplicaban, agachó la cabeza como escondiéndose dentro de ella misma, simuló ser coja, mascull ó que si la tocaban se entregaría, les daría cuanto llevaba, se redobló su dolor de estómago, el sonido de los pasos se amplificaba, sus pies helados no le respondían.

Minutos después se despertó en un bar, una mujer le empapaba la frente con alcohol, despegó los dientes y los labios pero sólo le salió una bocanada de aire, la mujer le decía algo pero Ava no la escuchaba. Deseó dormirse en los brazos de la mujer que le friccionaba apenas los hombros con la punta de los dedos.

La habían recostado sobre una pila de manteles, paulatinamente empezó a distinguir las mesas grandes y cuadradas cubiertas por un hule verdoso, las cortinas de algodón blanco, las baldosas del piso dibujando un mandala por donde hubiera querido internarse de la mano de esa mujer que esperaba verla despertar, con la mano en su mano. Ava le obedeció, miró a su alrededor, se incorporó, pudo hablarles a las pocas personas que la rodeaban además de la mujer. Preguntó qué le había pasado y dónde estaba. Le dijeron que estaba en un bar de Constitución, que un médico al que llamaron le había encontrado la tensión muy baja, pero igualmente estaban por llevarla al hospital. Le preguntaron si estaba embarazada. Les respondió que no tenía marido y se sintió bien como soltera, divorciada y viuda sucesivamente, la mujer le apretó la mano que aún no le había soltado ante los pares de ojos que atendiendo a su pedido llamaron un taxi, le agradeció a la mujer y le dijo que un día volvería al bar, deseó hacerle un regalo.

Espió la cara del taxista al cerrar la puerta del coche, se tranquilizó al ver que era más joven que el del librito y con aspecto de roquero. Se desplomó en el asiento y le dio la dirección de su madre, sin pensarlo demasiado, tenía las llaves de la casa.

Al llegar, se detuvo en el gran vestíbulo de la planta baja, se sentó en el borde de la escalera, revisó el contenido de su bolso y comprobó que no le faltaba nada. Se preguntó por qué no había enfilado hacia la casa de Gladys. Se dijo que no podía contarle todo lo que estaba viviendo, le temía menos a la noche que a la opinión de su amiga.

No entraba ni salía nadie del edificio, sospechaba que su madre tendría todavía el televisor encendido, que al verla le diría que tenía ojeras, que por qué no se compraba unos zapatos plateados y se convertía en rubia, y criticaría sin piedad a su marido. A pesar de todo, llamó el ascensor. Entró al piso de su madre sin hacer ruido y se metió en la habitación de huéspedes. Pensó con un dejo de amargura que ya era experta en pasar desapercibida.

Escuchó asombrada como su madre, la señora Noelia, dialogaba con el galán de una película; la voz no era la habitual, su madre actuaba. Su madre reía, Ava la desconocía cada vez más.

Al principio, la señora Noelia aprobó satisfecha al marido de su única hija Ava. Con el tiempo, surgió la tensión, los juegos de poder entre ambos. Se habituó a visitar a su hija cuando él se ausentaba. A la gente le decía que apreciaba a su yerno sin explicitar más. Había espaciado las visitas desde que tenía más cosas en la memoria que en el presente.

La señora Noelia había sido una apasionada jugadora

de póquer. Durante su infancia, Ava le hablaba y la madre le contestaba con un ojo puesto en los naipes, desde ese punto fijo le controlaba el aspecto externo que debía coincidir con sus mandatos de la cabeza a los pies.

Pero desde que Ava se casó ya no estaba pendiente del póquer. La cabeza se le llenaba de ruidos que aplacaba con aspirinas. Pasaba las tardes de telenovela en telenovela, que a veces grababa y volvía a mirar por la noche, pero no confesaba a nadie su entretenimiento. Su otro secreto era que siempre le había atraído el marido de su prima hermana, que solía decirle: «Por qué no me habré casado contigo». Eso la halagaba y la sobresaltaba a la vez. Entonces se acomodaba la pañoleta mientras lo imaginaba moviendo los labios bajo el espeso bigote, recordaba bien sus dientes y cómo se hincaba las gafas con el índice. Seguía recordando que tenía puesto el sombrerito con lazo de seda cuando crecía un coro imaginario y era ella la protagonista de la telenovela, la que se desmayaba y el galán, que era el marido de su prima hermana, la sostenía entre sus brazos y la besaba. Con tal de repetir la ensoñación recurría seguido a la mecedora y se olvidaba de la realidad.

Su hija no sabía que por las noches la señora Noelia, después de verificar que la puerta de la calle estuviera bien cerrada, tomaba un cuarto de la pastilla para dormir y se ponía a tararear «Morir de amor» con el coro imaginario, hasta quedarse dormida.

Ava se tiró en el diván y se echó dos mantas encima sin encender la luz. Comprendió que lo que su madre estaba viendo no era una película sino una telenovela de la tarde en vídeo, y recordó a su padre, tan poquita cosa, sin voz ni voto. Se veía el día en que tomó la comunión, él estaba esperando para llevarlas a la iglesia en el coche, su madre tardaba y Ava le preguntó al padre si con la ceremonia de la comunión se le limpiaría el alma, y le había preguntado más cosas a las que el padre invariablemente respondía: «La que sabe es tu madre».

«¿Y yo qué sé? ¿Por qué habré venido aquí?», se preguntó Ava.

Por la mañana, se escapó antes de que su madre se despertara. Se calzó los zapatos en el ascensor. Hizo tiempo en una cafetería antes de decidir nada. En el bolso llevaba dos libros que le había dejado Cristina, leyó fragmentos de uno de ellos. No se interesó demasiado hasta que encontró un párrafo que decía: «Dentro de cada cual el pensamiento trabaja en secreto, no sabemos quién es la persona que está a nuestro lado». Lo releyó y se quedó cavilando. Se dijo: «Esto es lo que sé. Ahora puedo volver a casa». Esperó la hora en que su marido se iba a la empresa. Fue rumiándolo por el camino, convertida en un dragón que lanzaba llamaradas para prevenir inesperados ataques. Transformó en atacante imaginario a un hombre que avanzaba en dirección contraria a la suya, vestido con ropa deportiva, le dirigió una mirada hostil, se cruzó a la otra acera y continuó desconfiando hasta llegar a destino. «Me estaré volviendo loca, bienvenida sea la locura.»

Al entrar, se encontró con una notita: «Esta noche estamos invitados a cenar en casa de Mónica, a las 9. Nos vemos allí. Hasta la noche». Recordó que en una ocasión, mientras vigilaba desde el bar, vio a Mónica entrar a la empresa pero no la vio salir.

Se metió en la cama para recuperarse. Llamó a Cristina pero, tal como lo imaginaba, no estaba en la pensión. Llamó a la portería, le avisó al portero que le abriera a la asistenta con su llave y le advirtiera que no la molestara. Desconectó el teléfono, echó llave a la puerta del dormitorio y se durmió. Antes de la cena, la llamó su marido que se mostró especialmente alegre de encontrarla y preocupado porque acabaría tarde y no podía pasar a buscarla. Le preguntó cuántos serían y él dijo que ocho. Ella le confirmó que iría. La envolvió una tibia esperanza de encontrar a la mujer del telediario, la reconocería por el modo en que la mirase su marido, igual que miraba de soslayo desde una mesa de restaurante o desde la butaca del teatro, con la boca ligeramente abierta, la expresión de su suegro cuando estaba por recibir dinero; se arregló con esmero y llegó a casa de Mónica diez minutos antes que él. El marido de Mónica la recibió cariñoso, le sostuvo el abrigo, Ava observó que al fondo de su sonrisa tenía una muela plateada. Le dijo que Mónica tardaría un momento, le sirvió una bebida y se enteró de que no había más invitados que ellos y dos ejecutivos con sus mujeres, que les interesaba agasajar. Su marido la saludó más efusivo que de costumbre, no le preguntó dónde había estado ni Ava mencionó el tema.

Durante la cena, sonrió amable, bebió vino, prestó a Mónica y a las otras dos mujeres la misma atención que prestaba a las fotos de las revistas y las vio ladear la cabeza para mirar a cada hablante, pensó que representaban a la mujer que Beatriz quería ser, y que Mónica, a su vez, trataba de emular a alguna otra tan insatisfecha como ellas. Supo también que una extensa franja las separaba a pesar de ocupar la misma mesa. No le importó que también esta vez Mónica intentara acaparar a su marido aunque su marido estaba algo aletargado. Poco a poco la alejó hasta convertirla en imaginaria y le puso un fondo vulgar.

En el camino de regreso, el marido de Ava se interesó por la madre de ella. Ella le dijo que se la pasaba mirando las telenovelas y le dio otros detalles. Cuando él intentó acercársele, le dijo que le dolía un poco el estómago con el mismo tono con el que le habló de su madre. Su marido hizo unas cuantas flexiones y le preparó un antiácido que Ava bebió obediente mientras miraba la almohada compartida como un artefacto ridículo que coartaba la autonomía e impregnaba a uno con las vibraciones del otro, y apoyó la cabeza sobre el colchón. A la mañana siguiente, compró dos almohadas y puso la entera en la basura.

La señora Noelia engaña a Beatriz

Por la tarde, Ava llevó a la señora Noelia al dentista, la despidió al pie del ascensor y le recomendó que no se moviera de la consulta hasta que ella volviera y se fue a llevarle el regalo a la mujer que la había atendido en el bar.

Ava no supo que la persona que estaba en la sala de espera era Beatriz ni Beatriz conocía a la madre de Ava e inició la conversación. Pensó que la mujer tenía clase, imaginó que podía tener un hijo «disponible». Como consideraba que toda oportunidad era buena, se lo preguntó casi en el mismo momento que el dentista la hacía pasar.

La señora Noelia le dijo que sólo tenía una hija, se llamaba Marilyn Monroe, que ahora estaría en el plató, que podría conocerla porque la vendría a buscar.

Cuando Ava llegó, su madre le contó que había estado hablando con una admiradora suya, y no había podido esperarla para que le firmara un autógrafo...

Ese mediodía, Beatriz comió con Gladys y, riéndose, le contó que había conocido a la madre de Marilyn Monroe.

–¿Cómo es? –le dijo Gladys siguiéndole la broma.

–Vieja –le contestó Beatriz y cambió de tema.

Cristina excava

«La *j* de *judía* raspa. Si en lugar de *judía* se dijera *udía*, la sensación cambiaría. La sonoridad de la *j* con la *u* es dañina al oído, *jugo*, igual que con la a: *jaula*. No es igual que *jitanjáfora* o *jolgorio*», discurría Cristina mientras abría el mensaje que acababa de recibir.

Su primo solía responder con citas a su cadena de interrogantes. Esta vez venían sus comentarios tras dos recetas, una que ella le había pedido, esperando que el sabor de la comida le provocara un desbloqueo histórico (así se lo había dicho al primo, aunque no sabía dónde la prepararía), y otra que agregó él y que copió de los papeles de la abuela.

La que Cristina le había pedido:

> *Creplej*
> *Masa: 250 g de harina, 2 huevos, 1 pizca de sal.*
> *Relleno: 250 g de carne cocida picada o queso fresco, cucharadita de cebolla picada, 1/2 cucharadita de perejil picado, sal y pimienta a gusto.*
> *Preparar la masa. Estirar bien finita y colocar sobre un trapo.*
> *Dejar secar. Preparar el relleno mezclando todos los ingredientes. Cortar la masa en trozos de 4 x 5 cm.*

Colocar en el medio una cucharadita de relleno y doblarlos como un sobre. Introducir en el caldo hirviendo y cocinarlos durante 10-15 minutos.

La que agregó el primo:

Beiguelej
Masa: 3/4 Kg de harina, 1/4 litro de agua tibia, 3 cucharadas de aceite, 1 cucharadita de sal.
Para el relleno: 1/2 Kg de queso blanco, 2 huevos, sal y pimienta a gusto, 1 cebolla picada, 5-6 cucharadas de aceite.
Unir todos los ingredientes y trabajar la masa hasta que esté bien lisa. Formar una bola y guardarla en lugar tibio durante 1 hora más o menos. Luego dividir la masa en 4 o 5 partes iguales y estirarlas bien delgadas y sobre un trapo enharinado. Mezclar el queso blanco con los huevos, sal y pimienta agregándole, si se desea, una cebolla previamente picada y dorada en aceite. Disponer en una orilla de la masa estirada, la preparación de queso. Levantar de un lado el trapo y sacudirlo levemente para enrollar la masa con el queso de modo que se forme un arrollado. Cortar trozos de 10 a 12 cm. de largo y darles forma de «S» o de caracol, cuidando de que en las puntas no salga el relleno. Pintar los beiguelej con aceite y colocarlos bien juntos en una asadera aceitada.
Cocinarlos en horno a calor moderado durante 1 hora más o menos.

El primo le decía: «La misión del judío es la de errar, lo dice un filósofo, dejo a tu cargo la interpretación.»

«Estoy de acuerdo», dijo Cristina en voz alta y marcó

«Responder». «Me gustaría hablarlo con mi padre, si viviera, y con el tío, que estaría encantado de verme en esta maraña. Entre los dos, me sentiría en medio de una frontera encantadora en la que encuentras la luz. ¿Me estaré volviendo mística? Le diré a mi primo que en cuanto me den un respiro en la agencia voy a visitarlo», resolvió.

Se echó sobre la cama, sin desvestirse. El tema la extenuaba en su afán por ver lo que antes no había visto.

Se quedó dormida durante una media hora y tuvo un sueño que al despertar recordó casi entero y también lo apuntó.

«Estamos en el avión que nos trae de vuelta: uno me grita: "Te reconozco eres Roth", el hombre casado se une a él, se unen otros, gritan "Roth, Roth, Roth...", como un insulto y me quieren pegar con una cruz.

¿Qué hubiera hecho el abuelo en mi lugar?

Mejor se lo pregunto al terapeuta, pensó mientras se pasaba una crema por las rodillas. Según el terapeuta, mi abuelo es para mí una figura contrafóbica. Por eso recurro a él. Fobia en potencia: mi judaísmo al descubierto. Al escribir judaísmo al descubierto una tenaza me aprieta la garganta, el ombligo, entre las piernas.

Podría dedicar un apartado a palabras-ombligo.

Palabras-ombligo: *espiar* y *errar*. Al judío lo espían. ¿Por qué?

Errar. Vagar, deambular, desviarse. Equivocarse, malograr, confundirse, narrar.

Desmesura. Mi tío dice que hace cinco mil años que anda por el mundo. Una vez, mientras se llevaba la cuchara de *borscht* a la boca, me lo dijo: "...cinco mil años que los judíos andan por el mundo».

Entonces, Cristina recordó que imaginaba un hormiguero mientras la abuela, orgullosa, cortaba más pan y volvía a llenarles el plato sin preguntar. Veía los trocitos de remolacha como las hormigas y el plato era el mundo. «Cuando lo dejaba limpio, me sentía poderosa».

«Excavo para atrapar el hilo que me falta. Hasta ahora pensaba que la verdad residía en mi intimidad, y nada de lo que hiciesen o dijesen los otros me obligaría a fingir. Un paso adelante en mi experiencia: el hombre casado. Me he topado de frente con algo que no sabía que cargaba, que me obliga a fingir porque no sé cómo hablar de ello. Avanzo por las bifurcaciones: mi primo, mi abuela, el abuelo, ese hombre y la historia universal de hombres como él que inventan un espectro para imponer su engaño, no fabulan: actúan, afirman, no dudan. Mi padre quiso ocultarse para eludir el terror que estos hombres provocan. Excavo para que mi padre pueda salir a la luz, como híbrido, si lo prefiere, pero sin miedo.

No me siento parte de ese engranaje, pero reconozco que hay algo atractivo en la perseverancia.»

Ava descubre la receta

Ni Beatriz ni Gladys descubrieron otra receta que había apuntado Cristina en su libreta:

> *Knishes de patata*
> *La masa: Se prepara con 3/4 de agua tibia, 1/4 de aceite, una pizca de sal y harina en cantidad necesaria.*
> *El relleno: 1 1/2 kilo de patatas, 2 cucharadas de agua, 3 cebollas picadas fritas, sal y pimienta.*
> *Poner en un cuenco el agua con el aceite y la sal, unir bien y agregar la harina mientras se bate con una cuchara de madera formando una masa blanda que se deja reposar mientras se cuecen las patatas y se prepara un puré, se agrega sal, pimienta y las cebollas fritas.*
> *Se estira la masa bien fina, se corta en rectángulos sobre los que se coloca un montoncito de puré, se cierra, se da forma y se pinta con margarina derretida. Se colocan en una placa aceitada y se cocinan en horno fuerte al principio y mediano a medida que se doran.*

Pero sí la descubrió Ava, y estuvo a punto de decirle a la asistenta que la preparara. No lo hizo. Dijo después que la detuvo el miedo a profanar una receta extraña, se preguntó si el nombre «knishes» no sería un invento o una contraseña de Cristina, que se rodeaba de personajes tan excéntricos. Por qué llamar con ese nombre a lo que parecían unas simples empanadillas rellenas de patatas...

Cristina sigue dándole vueltas al tema

Cristina había quedado con Ava en un bar al que llegó media hora antes de lo acordado. A ese bar solía ir Raquel, que también ese día estaba acodada en la barra. Cuando vio a Cristina, se levantó y se fueron a una mesa como si el encuentro hubiera estado programado.

–¿Cuál es tu primera idea ante la palabra «límite»? –le espetó Raquel, que mascaba un chicle.

–Judío. ¿Cómo llevás el judaísmo? –dijo Cristina.

–Igual que otros temas.

–¿Qué es un judío? ¿Te reconocés?

–Claro que sí. La historia de los judíos es la historia de la humanidad.

–Hablás como mi tío. ¿Cómo reaccionarías frente a alguien si descubres que es antisemita?

–Con indiferencia.

–Te leo algo que dice mi primo.

–Qué manía con leerlo todo y con tus parientes. ¿Cómo es tu primo?

Cristina buscó su libreta y no la encontró. Se incorporó y descolgó el teléfono que estaba junto a ellas.

–¿Beatriz? ¿Me dejé una libreta en tu casa? Esta tarde iré a recogerla. ¿Habrá alguien?

Acabó hablándole a Raquel del hijo y de la madre insolente, convencida de que le había revisado la libreta.

–Estará contenta porque creerá que consiguió meterse en mi alma. Por algo estaba tan locuaz.

–Por algo te olvidaste la libreta en su casa –le dijo

Raquel y añadió que ella conocía al hijo de una tal Beatriz recepcionista de una clínica, bastante pesada, que tenía miedo de que se comiera al chico.

–¿Y muy cursi? Sí, seguro que es ella. Esta Beatriz es igual a tu descripción. ¿Cómo se llama el hijo?

–Me acuerdo del nombre de la madre y no el del hijo. Desde que se echó una novia ya no lo veo. ¿Por qué no firmas Kristina con K, en polaco? –le espetó cambiando de tema bruscamente como era habitual en ella.

Mientras Cristina fue a buscar tabaco, Raquel dejó unas monedas sobre la mesa y desapareció sin avisarle. «Así como desaparece, aparece», pensó Cristina. «¿Acaso es necesario despedirse, anunciar la partida? Una farsa. Y está Dios metido en el medio: a-dios. ¿Qué Dios? ¿El Dios de quién? ¿Con qué empezó todo para mí? Con la palabra. ¿Por qué me habrá preguntado lo del límite? Interesante».

Cristina empezó a tiritar o así le pareció. Pidió un coñac. Faltaban cinco minutos para que llegara Ava. De ella, pensó que dos cosas le llamaban la atención. Una era su modo de ser como una esponja que absorbía todo lo que ella le decía: se arqueaba en la silla, ahuecaba las manos, tensaba los dedos y se abrían las aletas de su nariz cuando Cristina le daba sus opiniones. La otra era que estaba como a punto de contarle algo, lo tenía en la punta de la lengua, pero no se decidía.

«O no se atreve. Lo contrario de Raquel que no parece tener pelos en la lengua y confía más en un porro compartido que en la terapia»

Cuando llegó Ava, le hizo la misma pregunta que le había hecho Raquel.

–¿Y para vos? –fue la respuesta inmediata de Ava.

–Te advierto algo. No sé qué es lo que querés. Pero si querés que algo empiece, dejá de agregar: «¿Y para vos?», de preguntarle al otro qué piensa, qué le parece, qué opina. O pregúntaselo a un terapeuta, que es como preguntártelo a vos misma –la inexperiencia de Ava la exasperaba y la usó para descargar su propio malestar–. Te traje un libro bastante explícito –continuó en un tono conciliador–, una novela. Creo que te gustará. ¿Cuál es tu propia idea sobre la palabra «límite»?

–Los que me imponía mi madre.

–¿Y cómo reaccionabas?

–Estoy reaccionando ahora.

Cristina se quedó pensando que una pregunta estaba rodando de persona en persona y que podía seguir rodando más allá de quién fuera el interlocutor, judío o no judío. Que una pregunta había empezado a rodar por el mundo para que se pudiera morir en paz.

Gladys juega sola

El clima exaltado previo a las cercanas fiestas navideñas afectaba a Gladys, que ya estaba de vacaciones, sin planes ni deseos de hacerlos por no tomar la iniciativa. Marcó el número de Ava, pero cortó al escuchar la voz del marido y se quedó pensando en ellos: Ava agazapada por la sorpresa, y el marido buscándola en una época tan emblemática para él. «¿Y si no la encuentra? Tal vez por fin Ava desiste de pasar las comidas en casa de su suegro. ¿En ese caso, se llevará a la de la tele?», se dijo divertida con su salida.

Marcó el número de la señora Noelia, que la atendió con una amabilidad desacostumbrada. La notó algo despistada al responderle que a Ava hacía tiempo que no la veía, pero que, sin embargo, ella nunca estaba sola. Gladys dedujo que Ava estaría mucho tiempo en casa de su madre, pero que la madre, al empeorar su delirio senil, vería en Ava a Jayne Mansfield o a Grace Kelly, o si su proceso era coherente la vería por fin como a Ava Gardner en todo su esplendor y no le exigiría que fuera otra.

Trataba de encontrar a su amiga, deseaba hablar con alguien después de una noche insomne. Llamó a la clínica, pero tampoco encontró a Beatriz y le dejó un mensaje.

Estuvo a punto de llamar a su médico, pero aumentó por su cuenta la dosis de la medicación. La comida familiar en el piso vecino traspasó el silencio del suyo y le incentivó el deseo de tener una familia. Además, últimamente, dos imágenes repetidas la inquietaban, aparecieron cuando viajaba en tren para dar conferencias en el interior: en una, se despedía a través de la ventanilla de un amante inexistente; en la otra, desafiaba a una mujer inexistente que viajaba con su niña. Se asomaba por las ventanas de su casa y la sombra escurridiza del amante, que la reiteración estaba convirtiendo en marido, la martirizaba alejándose, como ocurre en las despedidas. Se sentaba en el sofá y, frente a ella, la mujer con la niña ensuciaban con chocolate las paredes, la molestaban con sus risas típicas de una mujer con su niña.

Encendió la radio para contrarrestar las voces y las escenas mientras no paraba de sollozar. Bajo los efectos de la medicación, se relajó un poco y empezó a imaginarse una pista infinita por la que circulaban en pequeños grupos distintas clases de personas con las que hubiera podido estar esa noche, a los que barajó como fichas de distintos colores que formaban parte de uno de tantos rompecabezas y los analizó.

«Hay diferentes clases de compañías. Femeninas o masculinas.

En ambos casos, se pueden dividir en: las compañías que te hacen comentarios y las que te hacen preguntas.

Las que te hacen preguntas se subdividen en: las que no escuchan tu respuesta y pasan inmediatamente a otra pregunta; las que escuchan tu contestación, pero pasan inmediatamente a otra pregunta; y las que escuchan tu contestación y profundizan en ella.

Las que profundizan en la contestación se subdividen a su vez en: las que lo hacen para saber más de ti y las que cotillean (o sea, se montan su película gracias a tu comentario). Entonces, ¿sola o en compañía?»

Continuó con sus elucubraciones durante un buen rato, pero siempre le quedaba una casilla vacía.

Se conformó llenándola con el marido imaginario y la mujer con la niña, que paulatinamente se estaba pareciendo a ella misma. Y esperó, confiando en que Ava la llamaría y ella podría descargar en voz alta tantas imágenes que le hacían estallar la cabeza.

Ava no quiere salir de la novela

Ava entró en su casa conmocionada con la novela que le había prestado Cristina, la había terminado de leer en un bar y llegaba metida en la piel del personaje.

Su marido estaba frente al televisor con el mando a distancia en una mano, la otra iba y venía de un plato con pistachos a su boca; en el lado opuesto, el teléfono móvil. Se mostró indiferente al verla, menos intrigado que al principio por sus súbitas desapariciones a las que empezaba a acostumbrarse. Ver a Ava en el decorado de siempre resituaba las cosas; estaba convencido de que las noches en que estaba ausente, se quedaría más tiempo con su madre y no lo consideraba grave.

Ava venía mimetizada con la protagonista de la novela, hacía y decía como ella y esperaba que su marido le respondiera en consecuencia. Dijo después que en ese caso algo podría haber ocurrido entre los dos; pero él no reaccionó de ninguna manera.

Se acomodó ella también frente al televisor. «Ahora estás de este lado de la pantalla», pensó reviviendo su aparición en el telediario. Sin embargo, mientras la película pasaba, Ava pensaba en lo que había hablado con Cristina.

La había vuelto a encontrar enfundada en camisetas superpuestas y calcetines de lana, el pelo recogido de cualquier forma, unas gafas ovaladas que le daban un aire humorístico, e inmersa en un libro. Así solía estar a menudo, Ava ya iba a la pensión sin avisarle, había perdido el miedo que antes la atenazaba, conocía los horarios en que no había control en el vestíbulo y se metía directamente en la habitación.

Miraba de reojo la página que Cristina interrumpía para recibirla con cara de venir de otra parte y dejaba señalada con lo primero que encontraba: la linterna, una braga, el estuche de las gafas, un cenicero.

Un día en que Cristina había tenido que irse a hacer un reportaje, Ava se metió detrás del libro, imitándola. La ansiedad y la falta de práctica no le permitieron avanzar: se incorporó a cerrar la ventana que se balanceaba, se distrajo mirándose los zapatos nuevos, los cotejó en el espejo, se los quitó, imaginó qué número calzaría Cristina, buscó el número en uno de los pares alineados contra la pared y decidió que le regalaría unos. Como las palabras de Cristina resonaban en su cabeza, se preguntó qué personaje podía inventarse para verse desde otro ángulo, desfilaron varios por su mente, pero no acababa de decidirse. Supuso que en el libro podía encontrar más ideas. Releía un párrafo por tercera vez cuando ella volvió y le dijo que se lo prestaba.

Esa tarde, antes de llegar a su casa, no sólo había conseguido acabar el libro, sino también empezar otro, gracias a un método consistente en interesarse por otras vidas y rastrear frases, sentencias, claves que no le aportaron la idea que buscaba, pero fueron luces indicadoras en la maraña de sus dudas. Hubo una frase que se impuso a las otras y en la que seguía reflexionando: «Ante la falta del amor, la cura son las confidencias». Prefería las historias protagonizadas por mujeres y después buscaba en la vida cotidiana a las mujeres de los libros. En el gimnasio, por ejemplo, se distraía en la mitad de un ejercicio porque se quedaba mirando a alguna compañera en la que detectaba un indicio.

Así fue pasando a segundo plano la búsqueda de la mujer del telediario. Leyendo, había llegado a la conclusión de que su pasado era inconsistente y eso la confundía, la mantenía concentrada en su autobiografía, buscaba amagos, obstáculos, puntas.

Las preguntas directas de Cristina sorprendían a Ava, que las recordó mientras su marido resoplaba porque en la televisión empezaba una película de amor, la apagó y puso un vídeo sin consultarla. Gladys también solía hablarle sin rodeos, pero en lugar de preguntar, afirmaba. Cristina no exigía respuesta, incluso, cambiaba de tema ante el silencio o la incertidumbre del interlocutor.

–¿Cómo es tu marido? –le había preguntado.

–Creo que no te gustaría –respondió vehemente Ava, y ahora recordaba el diálogo mirando a su marido, como confirmando esa opinión–. Sin embargo... creo que vos a él le atraerías.

–¿A qué te referís? Describilo mejor.

–Por una parte, intentaría escapar de alguien que domina el terreno que pisa como vos, y por otra, intentaría conquistarte.

Cristina la escuchaba. Ava no supo continuar. Después dijo que pensó: «¿Cómo es mi marido?», y que le hubiera gustado conocer la opinión de Cristina. Pero le espantaba la idea de que lo conociera, temerosa de ser –en presencia de él– la que había sido y estaba dejando de ser. Es más, no quería ni nombrarlo. Ni a él ni a su madre. Presentía que Cristina era su oportunidad de algo distinto. Todavía no sabía qué. Estuvo tentada de contarle lo de la mujer del telediario. Pero la vocecita le recordó que no se trataba de contar todo.

Cristina interrumpió el silencio preguntándole si aguantaría a un hombre por conveniencia.

–¿Qué tipo de conveniencia? –dijo Ava.

–Dinero.

–No.

–¿Por qué estás con tu marido?

–Supongo que por lo mismo que estás con tu novio –arriesgó Ava.

–No es igual, mi novio es un biombo de otras cosas

que hago.

–¿Un biombo para quién?

–Para mí misma.

Ava detuvo la vista en los pies de Cristina, cruzados sobre la moqueta descolorida. La siguió en cada movimiento mientras se cambiaba la camiseta por un vestido elastizado que le aplastaba los pechos; lo tironeó hacia abajo mientras se sacudía a un lado y otro. Ava le comentó que ella tuvo un vestido parecido. La ayudó a quitarse el pelo, metido dentro del vestido, y le dijo que su color de pelo era el preferido de su marido, que por eso ella se lo teñía, pero nunca lograba esa tonalidad.

–Otro más

–¿A quién te refieres?

–A uno que tiene fantasías con las pelirrojas, y eso que es racista.

–¿Y qué tiene que ver lo del racismo? –preguntó Ava alertada por los apuntes que había leído recientemente en la libreta de Cristina, intentando asociar, pero sin conseguir buenos resultados.

–Algún día te lo contaré. Todavía no me lo aclaro ni yo. Me molesta su obsesión por averiguar si soy judía o no, y no le dije la verdad, que era judía. No hubiera sabido qué más decirle. Pero en eso estoy.

Ava se sintió avergonzada de haber hurgado en la libreta y no atreverse a revelárselo mientras Cristina le decía que, de todos modos, ese color de pelo le quedaba bien, aunque tal vez le quedaría mejor el suyo natural.

Cristina miró la hora, se calzó unas botitas acordonadas hasta la mitad de la pierna y le dijo que tenía el tiempo justo para llegar a su terapia.

Ava dijo después que la intrigó y la sedujo al mismo tiempo la idea de contarle algo a un terapeuta. Diez minutos después, entró en el café Orquídea y leyó lo que le quedaba del libro mientras empezaba a sentir que ella era Marta, que llevaba un sombrero de punto, etc., etc., pero también supo, dijo después, que –precisamente en ese momento– no deseaba morir. Para eludir la sensación de temor, empezó inmediatamente el otro libro, en el que a una mujer de su edad llamada Chantal que llegó a un hotel un día antes que su marido, se le ocurría que un día lo perdería sin encontrar rastro de él. Ava se empeñó en saber si eso perturbaba o aliviaba a la mujer. Equiparó a Marta con Cristina y ella se sintió más parecida a Chantal y no le gustó ser así.

No se enteró en qué parte de la película su marido se había metido en la cama ni de qué trataba la película. Miró con agrado las almohadas individuales, de las que él pareció no darse cuenta. Acomodó en el armario los sujetadores nuevos. Se acostó pensando que lo de ir al terapeuta no era una idea descartable. No podía contárselo a su marido ni a Gladys que prefería el psiquiatra y los medicamentos.

Gladys busca remedios

Pasó buena parte del fin de semana montando y desmontando el último rompecabezas que trataba de resolver y no conseguía, cubrió con las piezas el suelo del salón hasta que empezó a ahogarse y se resignó a ingresar en la clínica. Beatriz ya estaba de vacaciones y se había esfumado con su amigo pintor.

Ya a punto de salir, llamó a Ava y le pidió que fuera hacia allí lo más pronto que pudiera, que más no podía explicarle porque las palabras no le alcanzaban.

Llegó fatigada a la clínica, un caserón antiguo situado en una calle arbolada, la recibió una sonriente enfermera de bata verde que la condujo a una habitación. A pesar de su estado, reparó en el médico de guardia, en su baja estatura, la nariz alargada respingona y el pelo erizado la enternecieron y recuperó sus ganas de hablar. El médico le preguntó sobre sus hábitos alimenticios, la deprimió sospechar que la consideraba gorda.

En ese momento llegó Ava y se lo comentó.

Gladys había rechazado siempre las identificaciones que Ava establecía con facilidad.

–Sólo nos identifica el barrio, la escuela y la edad –solía subrayar.

–¿Te parece poco?

–Me parece prescindible como motivo para ser amigas. Nos aporta sólo datos, y saber algo no te ayuda a probarlo –decía recurriendo a su condición de matemática. Se pensaba que el mundo tiene cuatro dimensiones, basándose en los datos obvios, pero se equivocaban, son veintiséis.

–Pero tal vez seamos amigas porque nos identificamos.

–No estoy de acuerdo. Una persona no ve lo mismo que otra aun mirando el mismo punto. Nosotras somos un buen ejemplo. Somos amigas por elección.

Sin embargo, ahora pensaba que identificarse con alguien podía llegar a constituir una salvación. En este sentido, ya no reaccionaba con furia frente a la religión como forma de aferramiento a un contexto.

En cambio, Ava, que siempre había tendido a apoyarse en las identificaciones para confirmar que estaba viva, ahora se asombraba ella misma con otro tipo de reacciones. Hasta ese momento, en lugar de sentir las cosas directamente, se proyectaba en los demás como en un espejo y actuaba a dúo. Fue precisamente aquel día en la clínica que, según dijo después, comprendió que estaba cambiando su manera de sentir. Había acudido velozmente, pero no estuvo tan pendiente como otras veces de lo que Gladys le contaba, ni absorbió su historia como propia ni se sintió una privilegiada por ser su oyente exclusiva.

No sólo esta nueva actitud de Ava provocó un sentimiento de frustración en Gladys, sino el hecho de que ahora ejecutaba el acto de leer como si lo hubiera hecho toda la vida, y no gracias a ella. Sentía una gran contradicción: aprobaba complacida la nueva afición de su amiga y la atemorizaban sus probables cambios.

–¿Qué experimentás cuando leés? –le preguntó en un tono de reproche que Ava no registró.

–Miro, como en una película, pero más. No puedo explicarlo.

–Te hacés tu propia película.

Evitaba explicarle que pasaba tiempo con Cristina y que gracias a ella había empezado a leer sin esfuerzo, pero tampoco tuvo necesidad dado que Gladys se fue por otros derroteros. «Ava ya no es previsible», pensó, y reapareció su sensación de desamparo.

Suponer que si escribiera una novela la gente la leería, la calmó.

De las expansiones de Beatriz, desconfiaba. Desde el principio, aceptó que no podía esperar mucho de ella; siempre parecía estar en otra parte, subiendo un montículo interminable, hundiéndose en un vacío sin fondo, como le había confesado en esa misma clínica la tarde que la conoció, mientras esperaba junto a la ventanilla de recepción en uno de esos momentos de abatimiento: la tardanza del médico que atendía a Gladys y la violenta descarga de una tormenta propiciaron el acercamiento de las dos mujeres. «A menudo, el vacío se llena de pajaritos», había dicho Beatriz, «de lugares lejanos deseados, de casas, de caras... de pajaritos». Se había quedado muda un instante, extraño, porque Beatriz nunca se quedaba muda, y puso una expresión peculiar que Gladys había captado en dos ocasiones anteriores: la primera cuando su hijo le ponía a Cristina un trozo de tomate en la boca y la segunda cuando Ava le preguntó algo sobre el pintor.

Miró a Ava entrecerrando los ojos, para hacerle creer que dormía, y pensó que tanto Ava como Beatriz la consideraban invulnerable, como si no pudiera morirse ni volverse loca, ni sufrir por amor... «Ni siquiera se les ocurriría que puedo escribir una novela y hacerlo tomando de la realidad sólo unos pocos detalles.» Se obstinó con la idea y la obstinación la alivió.

Estaban en silencio cuando se asomó la enfermera para anunciarle a Gladys que era la hora del paseo y que podía darlo con Ava, que tras la comida tenía indicada una siesta, pero antes el doctor la visitaría para formularle una serie de preguntas. Continuó diciendo que después de la siesta, le tocaba gimnasia y baños especiales. Gladys le preguntó si la gimnasia era una orden del doctor y la enfermera le contestó que era obligatoria para todos los pacientes.

Ava le colocó sobre los hombros un pañuelo de seda que le había traído de regalo, se tomaron del brazo y salieron al parque. Se cruzaron con otros pacientes y se instalaron en un banco cercano a un nogal, bajo el sol. Ava bromeó sobre los médicos, aludiendo al pingüino que estaba dictando un curso en el extranjero y no cesaba de enviarle postales a su amiga.

–Pero nunca se le ocurrió proponerme que fuera a visitarlo, por ejemplo –dijo Gladys–. ¿Estuviste con tu madre las últimas semanas?

–Sí –mintió Ava–. Ayer me encontré con el marido de Mónica –se apresuró a agregar para no verse obligada a seguir mintiendo.

–¿Con el marido de Mónica?

–Me pidió que no le hablara de nuestro encuentro a mi marido porque no quería que se enterara Mónica. Todo muy raro. ¿Qué historias puede tener Mónica con mi marido? Él me dijo que ella había estado en la empresa y me preguntó si yo sabía algo. La cuestión es que acepté no delatarlo.

–¿No sería Mónica la mujer que lo acompañaba en el telediario?

–No. Ya me cercioré por la fecha. Además, tampoco él me aclaró cuáles eran sus sospechas, pero tiene un tipo muy agresivo, se viste a menudo de rojo o de turquesa, con polleras ajustadas, tacones exagerados. No quiere pasar desapercibida. A él lo irrita el desborde, creo.

–En principio, me parece sensato que digas «creo». ¿Y cómo es el marido?

Tras la aparente actitud enérgica de Gladys asomaba la prisionera interior que buscaba afecto, pero Ava no lo registró.

–Ah... Te interesa el personaje. ¿Empezás a sentirte mejor, no? ¿De dónde te sale ahora ese hilo novelesco? Antes no afloraba.

–Antes tampoco te hubieras dado cuenta de mi curiosidad, pero desde que lees novelas...

–Es un hombre que te provoca deseos de contarle algo

íntimo. Aunque se nota que de entrada escucha sólo aquello que le resulta aplicable a sí mismo. No sé explicarlo.

–Un egoísta, en suma –decretó Gladys mientras se preguntaba cómo Ava se había animado a aceptar la proposición de otro hombre y además se atrevía a juzgarlo.

–Yo no lo llamaría egoísta –reaccionó Ava, disgustada, sin saber por qué, dijo después, de que Gladys se entrometiera a opinar tan pronto.

–¿No te da miedo la situación? –Gladys siguió preguntándose cómo había podido desafiar a su marido, si se trataba de una venganza, aunque no lo parecía, pero intuyó que alguna pieza no encajaba en el mecanismo habitual.

–¿Miedo? –Ava se frotó una oreja como cada vez que Gladys le hacía preguntas inoportunas.

No encontraba suficientes argumentos para enfrentarla y una masa vidriosa se adueñaba de su mente, se rompía en cristalitos cuadrados similares a las baldosas de la escuela por donde había ansiado huir del odioso profesor de geografía que la atacaba con preguntas, pero en ese entonces Gladys era la salvadora. O la masa se partía en cristalitos rectangulares, como la caja de su colección de postales que ordenó por temas y disparó ilusionada a mostrarle a Gladys, y Gladys se limitó a alzar una ceja dejándole claro que en la vida había cosas más importantes.

Jugó con el aro de platino mientras seguía rumiando contra su amiga.

–¿Qué quería? –dijo Gladys impaciente.

–Contarme algo que al final no me contó. Se fue distendiendo a medida que hablábamos y acabó describiéndome sus proyectos. Él se animaba cada vez más y yo me aburría cada vez más, porque cuanto más habla, más frases hechas utiliza.

Gladys confirmó que Ava no era la misma y a esta nueva Ava no sabía bien cómo abordarla.

Por el camino de piedra, se acercaba el médico de guardia, le aconsejó a Gladys que respirara tan profundamente como pudiera y que se ocupara más de espirar que de inspirar, que expulsara el aire por la nariz, «aquí huele a campo, inspirar bien te conviene para espirar más y eliminar toxinas», le explicó.

Gladys le respondió entusiasmada, aspiró más aire del necesario, y se fue con él de buen grado.

Ava le prometió que volvería a la mañana siguiente. Sospechó que ése era el «ser tan especial» del que su amiga le había hablado y pensó que podía ser el mejor remedio para Gladys, que, mientras tanto, no perdía detalle de las idas y venidas del médico por el comedor.

El marido de Ava es insistente

A pesar de su persecución, un mes más tarde el marido de Ava no logró convencer a Cristina de que viajara nuevamente con él. Estaba contrariado. Cuando se quejó de que la asistenta le había manchado una camisa y la retiró de la maleta con furia. Ava sospechó que el origen de su malestar era otro, pero no se molestó en hacer conjeturas. Puso el televisor sin sonido mientras él marcaba un número de teléfono por cuarta vez, cortaba y refunfuñaba en voz alta. Ava se evadió imaginando que el monólogo de su marido correspondía al actor que apareció en la pantalla.

Desde que Cristina se negaba a viajar, lo dominaba la irascibilidad. Giró en torno al bolso de piel, pensaba que lo había cargado demasiado y que Cristina aparecería cuando el avión estuviera a punto de despegar o en el tren del día siguiente, como la última vez.

Pero Cristina no apareció. Pidió una bebida fuerte y el efecto fue un ataque de culpa. Intentó consolarse pensando que Ava y él formaban una pareja armónica, que ella era algo más baja que él, más delgada, su pelo contrastaba con el de él, que debía comprarle un regalo. Que Mónica, en cambio, era más alta, y Cristina, demasiado joven. El comandante les avisó que atravesaban una tormenta importante, los platos saltaron por el aire, el marido de Ava apretó la cruz que le colgaba del cuello y rezó hasta que el avión consiguió aterrizar.

Ultimó su trabajo precipitadamente y volvió en el tren nocturno. Cuando llegó a su casa, Ava no estaba.

Gladys inicia un camino

Gladys salió de la clínica con siete kilos menos y sin más conexión futura con el médico que las indicaciones de su tratamiento, aunque con la ilusión de visitarlo y llamar su atención. En cuanto estuvo en la calle, la atacó un irrefrenable deseo de comer pastas. Lo primero que hizo fue ir a unos grandes almacenes y detenerse largo tiempo frente a los exhibidores de fideos: cintas, caracoles, macarrones, blancos, amarillos, verdes, la alegraron. Compró unos cuantos paquetes y se fue, imaginando que encontraría un hombre más gordo de lo común y amante de los espaguetis con el que sería feliz.

Decidió que ése –y no los que había supuesto anteriormente– iba a ser el protagonista de la novela que tal vez ahora empezaría a escribir.

Ava se mete en un lío

Como ya era habitual en las últimas semanas, Ava estaba esperando a Cristina en la habitación de la pensión, a la que iba como a un parque de diversiones. Le disgustaba pensar que estaba allí sólo por escapar de un hombre débil –ella misma se asombró al tildarlo interiormente de débil–, sentía que estaba allí por una razón que no alcanzaba a manifestarse y que le incumbía a ella como mujer, no como mujer de. También como tantas otras veces, había entrado de incógnito. Dejó la bolsa con los zapatos que le traía de regalo en el centro de la cama, para que Cristina la viera al abrir la puerta.

Su madre decía que hacer regalos era un acto de egoísmo, de goce personal, un sentimiento de superioridad frente al que tiene las manos vacías, remarcaba y se quedaba tan tranquila sin hacérselos ni a su propia hija. Su padre sí le compraba cosas, que la madre desdeñaba. Ava guardaba un dije que él le había entregado en una cajita de pana y le había pedido que no se lo mostrara a su madre: fue el gran y único secreto que compartió con su padre. Años más tarde, su madre le dijo «qué finura, tu marido no tiene otras virtudes, pero compra bien», al verle el dije colgando de una cadena sobre una blusa negra.

Enchufó la cafetera, esperó a que se entibiara mirando las cosas que Cristina dejaba por todas partes, que nunca eran las mismas. Observó un boceto a lápiz, la vocecita interna le insinuó que se dedicara a dibujar, que practicara, que le salían bien las figuras, su modista entendía perfectamente el modelo que le pedía echando una ojeada al dibujo. De la azucarera, se sirvió dos cucharaditas que, con el primer sorbo, comprobó que era sal. «Sal en la azucarera, así es Cristina.» Encontró el azúcar junto a otros ingredientes que figuraban en la receta que ella ya había visto en la libreta, la libreta abierta en esa página.

Mientras revolvía el café volvió al boceto. «¿De qué te sirvió el verano, oh ruiseñor en la nieve?». Leyó la frase que era una cita copiada en un trozo de papel pinchado al pie del boceto con dos chinchetas, y el contenido la hizo sentirse triste. Supuso alguna vinculación entre el boceto, la frase y alguna foto que habría tomado Cristina.

Cristina decía que para ella ser fotógrafa no era solamente un trabajo sino que mediante la fotografía buscaba algo, «como en ese cuento de Cortázar en el que la fotografía descubre el crimen».

Ava dijo que mientras Cristina analizaba y comparaba unos negativos, ella le pidió el teléfono del terapeuta. «Fui yo la que le pidió el número, finalmente», aseguró después. «Lo apunté y me interesé por lo que hacía. Su entusiasmo me conmovía.»

–¿Qué contienen esos negativos?

–Es el contraste entre dos tipos de excentricidades: la del marginal y la del poderoso –dijo Cristina.

–¿Cómo lograste fotografiarlos? –preguntó Ava.

–Por contactos: al marginal, gracias a Raquel; al otro, a través de un «señor» al que ya no «frecuento» –Cristina se sonrió para dentro al emplear la misma idea que él al hacer el comentario–. Pero me sigue llamando y pensé que podría presentártelo, no está nada mal pese a algunas ideas retorcidas que lo persiguen...

–¿Lo persiguen las ideas a él?

–No me resulta sencillo explicar el tema. Bueno, eso es problema mío. Algún día, cuando pueda explicármelo yo, tal vez te lo cuente, por ahora te encontrás con él, lo conocés, y ya veremos; en todo caso, según lo que opines después, podrías apropiártelo o podríamos complotarnos y hundirlo, aunque sea metafóricamente, ya veremos, ya veremos. Si te lo apropiás, lo aceptaré complacida y pensaré que los buenos jugadores también se equivocan –había dicho Cristina.

Quedaron en que una semana más tarde Cristina se lo propondría a él y organizaría el encuentro. Ahora faltaban cuatro días. Al recordarlo, Ava se aferró al dije, que llevaba bajo la ropa.

Ava se dijo que el boceto no estaba antes en esa pared, mientras escudriñaba la forma del brazo apoyado a lo largo del cuerpo desnudo, tendido sobre el otro brazo en el suelo y dándole la espalda al espectador; la cabellera abundante cubriendo gran parte de la espalda. Analizaba si sería Cristina la retratada cuando alguien abrió con cautela la puerta, se asomó y le preguntó a Ava si ella era Cristina, al tiempo que observaba fugazmente el boceto como buscando un retrato que le confirmara la realidad. Ava se sobresaltó al toparse con un mulato grande que balanceaba la cabeza hacia delante como no sabiendo si entrar con todo el cuerpo, y pegó un grito. Al instante apareció la dueña de la pensión, como si hubiera estado esperando que sonara ese grito desde hacía cuatro años cuando Cristina llegó doblada sobre una enorme maleta de cartón, de esas que ya no se usaban, con las señas de la pensión que le había dado un chico que había vivido allí cuando estudiaba, y ya entonces había estado a punto de rechazarla, al fijarse en el apellido, porque su marido decía que «no era conveniente instalar a personas de otra raza en la casa de uno, nunca se sabe», decía, «la historia suele repetirse y uno sin comerla ni beberla puede tal vez, quizás». La mujer argumentó que otra religión no es otra raza. Sea lo que sea, son diferentes, concluyó él, y ella puso cara de resignación porque eso de las diferencias sí que les podía traer problemas. Le dijo a Cristina que vivió pensándolo durante esos cuatro años. «Para colmo, ahora se sumaba un negro», pensó la dueña de la pensión. Y si bien la mujer que también estaba en la habitación de Cristina tenía aspecto de lo más bien, y le decía que no había sido ella la que pegó el grito, ni que tenía nada con el mulato, y el negro callaba, ella concluyó que tanta gente diferente bajo su techo justificaba plenamente la decisión: primero los echó a ellos, luego echaría a Cristina.

Cuando llegó Cristina, el dueño la estaba esperando tras el mostrador para hablarle de contravenciones y comunicarle que esa era la última noche que dormía en la pensión mientras su mujer escuchaba desde el cuartito de la limpieza y, aunque estaba de acuerdo, se sintió algo confundida, golpeó la puerta de la habitación en cuanto Cristina entró, le explicó lo que había pasado y lo que había tenido que discutir con su marido cuatro años atrás por su apellido. Cristina se distrajo mirando cómo se frotaba las manos y el olor a lejía se expandía a su alrededor. Recibió la información sin inmutarse, esperó a que la dueña de la pensión acabara su parrafada, la empujó levemente y cerró la puerta tras ella, cerró el armario, dejó la maleta y el bolso a medio hacer, se echó en la cama medio vestida, mordisqueando un lápiz como era su costumbre cuando estaba por tomar una decisión, dejó ir la mirada lo más lejos que pudo. No entendía qué había pasado entre Ava y el chico que ella había citado para el reportaje, imaginó la expresión de Ava y le dio risa: es de las que se sobresaltan cuando no hay motivo, desconfían de las nimiedades y no desconfían cuando se aproxima una catástrofe: su marido, por ejemplo, debe ser una verdadera catástrofe, y de él no parece desconfiar.

Abrió la bolsa que había encontrado a los pies de la cama, se puso uno de los zapatos negros de ante con cierre en los tobillos, que contenía la bolsa, giró el otro y leyó: «Prada». «¿Importados? Ava: Papá Noel», dijo en voz alta, «ves, estúpido, que a los judíos también nos visita Santa Claus». Y se puso a silbar una canción navideña. Se desnudó y puso el despertador para que sonara a las siete de la mañana.

Gladys extiende los hilos

Beatriz le avisó a Ava que Gladys desvariaba. No le contó que había pasado por su casa al volver de su viaje a Mar del Plata y que la había tratado como si fuera un personaje de una novela en la que ella –según le aclaró– hacía un papel casi secundario pero importante, agregando que no se ofendiera por no ser la protagonista, pero que a Ava la conocía desde antes y le ofrecía más datos para una historia, y que evidentemente los datos podían servir para tramar un universo imaginario, aunque resultaban pobres o falsos en el mundo real.

Tampoco le aclaró que fue ella quien acabó convenciendo a Gladys de ingresar nuevamente a la clínica y que en el camino le había seguido explicando que le asignaba el papel de una mujer actual, prematuramente casada y separada, de esas que exhiben el cuerpo convencidas de que a los hombres no les interesa el alma, consumista, pero que tiene grandes problemas para llegar a fin de mes, y tiene un hijo ante el que se siente culpable por haberlo dejado de pequeño al cuidado de quien lo aceptara.

–Si me podés aportar algo o si no estás de acuerdo con el personaje, si te molesta o si preferís ser distinta, me lo aclarás, lo que no puedo hacer es ponerte de protagonista, te lo imaginarás... –le dijo Gladys a Beatriz, esperando que le diera más información.

Beatriz pensó que estaba loca. Una loca que habla de mí como si yo no existiera.

Mientras se alejaba, dejándola en manos de la recepcionista de la noche, escuchó que le hablaba a ella de los otros personajes, de otras mujeres como piezas de un rompecabezas que montaría con mucho cuidado...

Ava dijo después que no la deprimió ver a su amiga en ese estado, que hasta le resultó gratificante notarle esa cara transfigurada.

–Hay alguien que me acompaña –le dijo Gladys.

–¿Cómo es? –le preguntó Ava.

–Cuando está a punto de acercarse, se deshace, es gordo.

–¿Es un sueño?

–No, es real. Pero se resbala. Se asoma por esa misma puerta y, como ya habrás comprobado al entrar, la puerta cambia de lugar y él se confunde y sale. Lo nombro, intento indicarle el camino, pero es como si mis palabras no resonaran en el espacio. Anoche alcé tanto la voz que alerté a la enfermera, llegó haciendo tantos aspavientos que lo espantó.

Ava recordó las elucubraciones de ambas sobre la coincidencia existencial y esta vez se lamentó de no poder contarle que ella también había gritado, tal vez a la misma hora.

–A la madrugada, descubrí que hay un plano en el techo. No lo comentes con nadie –continuó Gladys.

–¿Qué harás entonces?

–Buscaré la manera de entrar yo en su territorio.

Gladys no dijo nada más, no se enteró de la salida de Ava, que la abrazó con fuerza, ni de la entrada de los médicos que dudaban en agregar medicamentos a su dosis porque no reconocían sus síntomas dentro de un cuadro clínico corriente, pero de algo estaban seguros: se trataba de un arrebato (ése fue el nombre que le dieron) pasajero si se encontraba un aliciente para ella.

Unos días más tarde, Ava fue a buscarla, le dijeron que escribía sin tregua; se encargó de llevarla de vuelta a su casa. Había contratado una asistenta para que la acompañara y había hecho una cita en la asociación de gordos, en la que Gladys encontró el aliciente: un hombre, gordo y editor de profesión, que le declaró su admiración y le permitió conectar su mundo mental con la realidad.

Cristina sienta nuevas bases

–No sólo me echaron por tu culpa. Además, no hay mal que por bien no venga, como suele decir mi tía Rosa ante cualquier contrariedad. Se tiene que presentar una dificultad para que se abra una grieta y se vea algo que hasta ese momento no veías –la calmó Cristina.

«Si lo sabré», se dijo Ava, «aunque no hubiera podido sintetizarlo así».

–En este caso, se cumple el dicho –continuaba Cristina. Estoy completando un reportaje sobre los marginales, que se publicará pronto, y entonces será muy conveniente que me haya mudado de la pensión de siempre, desaparecer por si se hieren susceptibilidades es lo adecuado.

«Por una vez, actué con cordura al no hablarle de Cristina a mi marido, ni presentarlos», pensó Ava, «si supiera que alguien se ocupa de esa gente, hubiera podido reaccionar muy mal».

Le propuso a Cristina quedarse en la casa de su madre, sin encontrar un sitio mejor y convencida de que la señora Noelia no opondría resistencia pues se la presentaría como Romy Schneider aprovechando su escasa lucidez, al día siguiente de que la echaran de la pensión por su culpa.

Se había enterado de que Cristina había dormido en casa de Beatriz cuando visitaba a Gladys en la clínica. Lo supo por la misma Beatriz que había llegado unos momentos antes y lo explicaba fastidiada aclarando que esta vez era distinto porque se había traído sus pertenencias metidas en tres maletas.

Ava la llamó y la fue a buscar. Al ver que tenía puestos los zapatos que le había comprado, sintió que se le formaba una sonrisa por dentro.

–Me quedan perfectos. ¿Cómo acertaste el número?

Ava se ruborizó.

–Mi mamá dice que hacer regalos es egoísmo.

–Tu mamá es un monstruo.

No se separó de su lado hasta que encontraron un hotelito agradable cercano a Retiro, en el que Cristina alquiló dos habitaciones pequeñas con baño privado. Ava le rogó que le dejara pagar el gasto de taxi que no fue poco y la invitó a comer.

–Si así te quedás más tranquila –respondió Cristina con indiferencia.

Escogieron un restaurante de comidas caseras y las dos pidieron un omelette, una merluza a la plancha con ensalada y cerveza de barril. A continuación; Ava se atrevió a formular en voz alta una pregunta difícil de formular para ella, dijo después, y lo hizo tal como lo sentía: si el amigo que le iba a presentar era uno de esos tipos raros, como el mulato.

–Según como lo mires, es más raro todavía –le había dicho Cristina, con una expresión triunfal–. Es un señor empresario de las altas esferas. Todo depende de tus objetivos.

Ava se preguntó si no sería un conocido de su marido, a quien decidió continuar eludiendo; de hecho, la omisión le estaba resultando saludable. Cuando el camarero les sirvió el helado, le preguntó a Cristina que pasaría si el reportaje no se firmaba.

Mientras Ava esperaba que le devolvieran la tarjeta de crédito, Cristina llamó al hombre casado que la atendió con grandes muestras de entusiasmo, desconsolado al haberle perdido la pista, en la pensión le decían que ya no vivía allí, en las agencias le decían que no había ninguna señorita Rodam, el móvil estaba fuera de servicio. Combinó la cita con él, le dijo que quería presentarle a una amiga. Él aceptó, sin entender mucho, pero reconocía en la propuesta una de las insólitas ideas de Cristina y reencontrarla lo tranquilizaba.

Le confirmó a Ava el encuentro. Ava le pidió que le contara lo que supiera sobre su mujer. «Ni de su mujer, ni de él», dijo Cristina. «¿Dónde está la emoción? Esta vez, serás tú la que me cuentes a mí.»

Se despidieron y Cristina se encerró en su nueva vivienda. Escuchar al hombre al cabo de dos meses la conectó primero con su identidad y segundo con el erotismo. Durante ese tiempo había incrementado la forma que ella llamaba «de autodefensa» y el terapeuta «de afirmación»: parapetarse en la figura de su abuela, o tapar las sombras inquietantes con una receta.

«Era mi abuela la que decía que la patria es la comida», pensó. Entonces se le apareció como en cámara lenta aquella escena vivida en que le recitó la receta de los buñuelos.

Fue después de aquella vez que empezó a memorizar las recetas. Se divertía probando la identidad de las personas preguntándoles si les gustaba el *leicaj* negro de miel y agregando que a ella le salía muy bien.

También se divertía mirando de soslayo las reacciones cuando, si no se interesaban por saber de dónde provenían, igual les explicaba cómo se preparaba o les apuntaba los ingredientes, se lo pidieran o no.

4 huevos - 1/2 taza de café bien cargado,
1 taza de miel, 3 cucharadas de aceite,
3 tazas y media de harina, 3 cucharaditas
de levadura en polvo, 1/2 cucharadita de ralladura de limón y 1/2 de canela.
Pasas de uva, nueces, clavo de olor y sal...
Tamizar la harina, la sal, la canela y la levadura.
Batir los huevos con el azúcar y agregarle
el café y la miel previamente calentados con el
clavo de olor, que se retira, el coñac, el limón,
la mezcla de harina y revolver suavemente.

Verter en una fuente forrada con papel parafinado y cocer en el horno unos 50 minutos.

Su plan estaba en marcha.

Cuando le confirmó a Ava el encuentro con él, le sugirió que le contara que tenía una amiga judía.

–Como si no se tratara de mí. Todavía no le digas que se trata de mí –se apresuró a agregar–. Ya veremos en qué momento se lo confesamos y si vale la pena. Lo principal es que puedas disfrutarlo.

Ava expulsa imágenes molestas

Por el camino, Ava entró en un bar, como ya era su costumbre. Antes, compró una libreta.

–Lo que pasa, –recordaba que le había dicho Cristina, mientras retiraba las hojitas secas de una planta con la pinza de depilar–, es que la lógica te puede llevar a la locura. Fíjate en las películas de Rohmer, por ejemplo.

Mientras continuaba recordando, apuntaba lo que más la había conmovido.

–Tendrías que prestar más atención a tus sueños que a la lógica –había puntualizado Cristina–, y a todo lo que se te ocurra en torno a cada sueño, aunque te parezca absurdo. A la larga, nunca es absurdo.

Dijo después que esta última fue una de las ideas que más la movilizó.

–Si no recuerdas nada del sueño ni bien te despiertas, no es buena señal. Podés inventártelos, que es una manera de atraerlos hacia vos, de tener historia propia. Es como inventarse la autobiografía. Yo digo frases que se las atribuyo a mi abuelo, y creo que no son de mi abuelo. O me cambio el apellido cuando me parece necesario. Es lo mismo. Acordate que para el señor que te presentaré soy Cristina Rodam. Yo lo sueño o me invento un sueño y lo apunto aquí, después busco las conexiones. Tené en cuenta que cuando soñamos con otros, no son otros, tienen la cara de gente que conocemos, pero nos están representando a nosotros mismos por fragmentos, cada fragmento un punto conflictivo o uno no conflictivo, mezclás todo y sacás conclusiones –había agregado Cristina y se había puesto a revisar la libreta olvidándose de Ava.

Ava dijo después que la imagen de Cristina escribiendo le provocaba simpatía, que sus dedos de uñas cortas cargados de anillos la subyugaban. Que nunca hasta ese momento ella había podido llenar una página y a la única que había visto en contacto permanente con el papel era a Gladys, escribiendo fórmulas matemáticas, no ideas ni sueños.

Sintió que ella llevaba todo metido en la cabeza, que ya no tenía más sitio, pensó que escribirlo podía ser un modo de expulsar al menos una parte, se le ocurrió que poner en la libreta lo que le provocó la visión del telediario le abriría una compuerta interior, y empezó a tomar nota. Se propuso hacerlo primero directamente, como saliera, y a continuación como si hubiese sido un sueño, siguiendo la propuesta de Cristina.

Analizó su situación actual y de allí surgieron sus primeras notas que le provocaron una mezcla de pudor y placer. Anotó una serie de dudas:

«¿Quiero conocer a un posible amigo? Respuesta: Por qué no. ¿Estoy deseando engañar a mi marido? ¿Es venganza? Respuesta: Es curiosidad o deseo o... basta de darle vueltas. ¿Pero me interesa un señor de las altas esfe-ras, uno más de los que usan calzoncillos *Calvin Klein*, no comen espaguetis en público? Aunque si fue amigo de Cristina... ¿Y la fobia judía? Otra coincidencia...».

Dijo después que la mosqueaba no haberse atrevido a decirle que prefería un hombre con otras características. No sabía cómo tenía que ser, pero sabía que deseaba alguien diferente.

La paralizó la visión de lo desconocido y la visión de sí misma como espectadora y no como actriz. También dijo después que percibió un primer síntoma de que ya no era la misma clase de espectadora cuando, desde el sitio que ocupaba y al levantar la cabeza de la libreta, vio lo que antes no miraba. Dijo que antes veía a alguien tomando un café como una totalidad, que ahora se fijó en el hueco entre el pulgar y el índice de una mano sosteniendo una tacita de café, un pavo real azul incrustado en la tacita, una expresión melancólica en el ojo del ave, y así sucesivamente. De pronto, tuvo una proyección de ella misma: ansió irse a la playa, proponérselo al amigo de Cristina, tenderse con los brazos y las piernas muy abiertos, entregada al sol. Como confesándole un deseo secreto, le advirtió a Cristina que la presentara a su amigo como Alba, «para desvincularme de la Gardner», remarcó sintiendo que desterraba también a la Marilyn Monroe que su madre le quiso imponer: lo confirmó después, fue el disparador que accionó su memoria para iniciar el recuento.

«Contárselo a Gladys es imposible ahora, aunque se que me apoyaría en todo», se dijo recuperando por un instante la parte buena de su complicidad con Gladys, y no quisiera que se enterase Beatriz.

Pagó el café doble y salió.

Beatriz acepta lo real

Al fin, el pintor recibió una suficiente cantidad de dinero por la venta de varias pinturas y grabados a un coleccionista extranjero y le propuso a Beatriz una estadía en el campo. Compraría una casa pequeña de pueblo, ella trabajaría de modelo para él, y el hijo podría tener su espacio en la casa.

Beatriz supo –y aceptó sin asombro y sin conflicto– que lo que su amigo le ofrecía era un grado menos que el amor o una aproximación a ese estado que en ella siempre fue fugaz, un pacto de buenas intenciones, una clase de amor a construir si el dinero no faltaba.

Hizo un último y breve intento de comparar al pintor con los innumerables hombres que la habían ilusionado. Miró hacia atrás, pero vio una maraña difícil de desenredar, encabezada por el padre de su hijo que se diluía bajo la figura completa del hijo idéntico. Trató de recordar más. Pero su mente se negaba, ocupada por las lecturas compulsivas que había hecho últimamente de los libros de autoayuda.

Que aceptó al pintor complacida lo demostraban dos de sus actos inmediatos y espontáneos y un pensamiento fugaz.

Uno, renunció a su empleo en la clínica sin remordimiento.

Dos, llamó a Ava para pedirle que la disculpara si alguna vez había estado brusca con ella –repasó los mecanismos mentales que debía evitar, según uno de esos libros:

defenderse atacando, sentirse insegura y amenazada (¿tienes verdaderas razones?, le preguntaba la autora, se dijo que no), decir lo que se piensa en forma oblicua, condenar sin escuchar, tomarse casi todo como algo personal.

El pensamiento fugaz: Reconoció que prefería que el hijo decidiera no instalarse en la casa.

Cristina ocupa su lugar

Se sentía contenta con el cambio de vivienda. Se paseaba de un rincón a otro de la habitación pensando en el reportaje. Marginales de distintas clases ocupaban varios rollos de película y ocuparían distintos apartados. «¿Cómo ser judío sin ser marginal?», se preguntaba. De hecho, tomó fotos de un rabino, de judíos adinerados saliendo de la sinagoga... «No es eso ser judío», se dijo. Repasó las citas de su primo, buscó judíos antiguos como Maimónides o menos antiguos como Spinoza creando una especie de ilimitada capa consistente bajo la cual el hombre casado no se diluía del todo.

«¿Qué nos salva?», se preguntó incluyéndose en un nosotros defensivo o morboso. Incluyó a Raquel dando un resoplido de alivio. «Los que son como ella podrían situarse en el centro, pero la marginalidad es casi inevitable dadas las condiciones actuales de la sociedad. También en los márgenes conviven diversos estamentos. Ser centro entonces es sólo una cuestión de foco: el foco universal. ¿Qué hizo un hombre como el casado para sentirse el ombligo del mundo? Basta. La que enfoca soy yo y el reportaje depende de cómo revele las fotos. El sueño que tuve es esclarecedor: soy marginal, me caigo en un pozo, un testigo mira sin bajar de su coche, yo sé cómo es el pozo, conozco al testigo, y también sé cómo salir a la superficie. Él hace un amago, pero el movimiento de su brazo fuera de la ventanilla no es para venir a salvarme, sino para limpiar el barro que salpicó su coche en mi caída. Me acerco de un salto a su pasmo y le indico el camino hacia mi cómplice, Ava, ¿por qué Ava? Porque mañana se lo presento y lo fotografiamos. Él alcanza a taparse la cara con las manos como los que ingresan a prisión: se marginaliza. Mi reportaje debe transmitir lo que el sueño me advierte. Lo firmo Kristina con K. Tal vez sea así también en ruso y mi abuelo lo aprobaría.

¿Cómo lo titulo?»

Ava, Cristina y el marido de Ava

Cristina los citó a las ocho de la tarde, dos días antes de la Navidad, en el bar de sus encuentros con Raquel, a la que instintivamente buscó con los ojos cuando vio entrar al hombre. El marido de Ava llegó puntual. Cristina percibió una sombra veloz de espanto que oscureció su cara por un instante. No supo distinguir si fue al ver sus uñas mordidas –que preparó especialmente para la ocasión y las exhibía como al descuido– o si fue al presentarle a Ava («Alba», dijo) que venía de la peluquería, traía el pelo de su color natural y la falda estrecha de piel.

Lo que a Ava le pasó por dentro desde el día en que vio a su marido en el telediario hasta el momento en que Cristina los presentó, se lo dijo después al terapeuta.

Lo que Cristina sintió la reconcilió con su identidad y desde ese momento pudo conectar la exploración a su propia vida, ella que se creía nómade de nacimiento. Desde el lado opuesto de la mesa, pensaba (como si hubiera sido una historia muy lejana) en las breves escapadas con ese hombre. Se sentía cansada, pero fuerte, espectadora de su propia vida. Le lanzó una fugaz mirada de complicidad a Ava y se despidió.

El marido y Ava no demostraron conocerse, y representaron la comedia durante más tiempo del imaginable.

La novela y su proceso de escritura paso a paso

Recibimiento

Esta zona del libro cuenta cómo se plasmó la novela.

Es un diario de a bordo en el que queda reflejada la forma en que fue elaborada, las incidencias ocurridas mientras la novela fue escrita y los artificios que interesan al novelista.

Un lector atento puede integrar estas páginas al mundo novelesco de *Ava lo dijo después*. La intención es que forme parte de la odisea.

Un escritor puede leer esta segunda parte como prioridad. Un crítico, como complemento. Un lector que se identifica con alguno de los personajes, para encontrar más datos acerca de él. Uno poco implicado, por curiosidad. Uno obsesivo, como acto obligatorio. Uno detallista, para cazar menudencias o gazapos.

Los pasos que seguí al escribir esta novela me resultaron apasionantes en muchos momentos, dificultosos en otros.

Gocé y sufrí durante el proceso que duró más de un año. Pero, fundamentalmente, viví con la ilusión de producir un complejo mundo, contarlo, a la vez que yo podía contar con él, sin limitaciones.

Pero vayamos por partes.

La trama responde a mi convencimiento de que todo en la vida se enlaza y los hilos se enredan, se entrecruzan, se superponen, se conectan, si una (o uno) está predispuesta a notarlo.

La mente del novelista

Antes de comenzar la novela yo sentía una agradable inquietud. Dispuesta ya a escribirla, exploré dentro de mí sus lugares, su ambiente, sus colores y sus olores.

El azar (si es azar la ardua tarea de tramar un mundo) reunió estos fragmentos que juntos constituyen una novela. Como toda historia completa contiene huecos entre palabra y palabra, y dentro de las palabras circulan otras tantas historias que completa el lector.

Sabía que escribir es trazar un camino. Es una travesía, una ruta de la que puedes conocer o no los cruces, los puentes, los túneles, los pueblos o aldeas del camino. Con un punto de salida y un puerto de llegada, aunque durante la marcha, los hechos te sugieran (o te exijan) otro final de trayecto. Imaginar el posible punto de llegada puede ser beneficioso para que el ritmo de la marcha resulte bien sostenido y puedas intuir cuándo acelerar y cuándo frenar.

Sabía también que escribir no es decir, es contar. No es explicar, es mostrar.

La idea que germina

✪ La táctica literaria para convertir un germen en novela tiene que ver con el llegar oblicuamente al tema. Llegar a través de un espejo que a la vez refleja el espejismo de la realidad. En otras palabras, escribir = filtrar.

Durante varios años fui depositaria de las confidencias de mis amigas. Tal vez, por mi práctica de escritora, sabía proporcionarles inmediatamente recursos para actuar. Me confiaban incidentes conflictivos para ellas y sugestivos para mí, de los que tomé nota. Tamicé la información y, cuando retomé algo de lo sabido, nunca lo hice en forma realista y directa.

Paralelamente, analizaba cómo vive sus deseos amorosos la mujer de hoy. Así, entre mis notas y mis reflexiones se plasmó el nudo de *Ava lo dijo después.*

La situación inicial

✪ La situación inicial pide un conflicto, un problema a tratar durante las cien, doscientas o trescientas páginas siguientes. Después, importa menos lo que ocurre (que a veces incluso es previsible) que la forma en que se desarrollan los hechos.

En las primeras páginas se trazan hilos invisibles. Después, se trata de tirar de esos hilos.

Antes de decidir el episodio inicial (que finalmente coincidió con una imagen explosiva que pasó por mi imaginación), respondí a las cuatro preguntas ineludibles: qué pasa, a quién le pasa, cuándo pasa, y dónde pasa.

Yo voy adivinando a medida que escribo. Escribo para saber qué va a pasar. Construí la novela a medida que avanzaba. Aunque controlé que los hilos invisibles fueran los adecuados.

El universo

✪ El placer de escribir una novela proviene de la posibilidad de ser el hacedor del mundo. Entre la historia novelada y la pertinente utilización del lenguaje se extiende un abanico de respuestas, una variedad diferenciadora de estilos. ¿Cómo encontrar la mirada auténtica?

Durante el tiempo que duró la escritura de la novela, llevaba en mi mente el universo creado. Estuviera donde estuviera, me hacía preguntas: ¿En qué se parece este salón al del piso de Ava? ¿En qué, este coqueto restaurante a aquél donde cenaban Ava y Cristina? Trataba en esta exploración de perfilar mi modo más exclusivo de mirar, de sentir, de pensar, de captar el mundo para hacerlo propio.

Controlaba trayectos, probaba itinerarios, veía a una y a otra de frente y de espaldas.

Y así agregaba o cambiaba detalles.

El deseo

✪ Una convicción mueve al escritor. Los hechos novelados deben responder a la necesidad profunda e ineludible de decir algo.

¿Cuándo una novela es pobre? ¿Cuándo es rica?

Me plantee esta cuestión ligada a la de la encarnación de los personajes, nacidos de esa necesidad de decir algo. En realidad, encarnan los significados que una anda buscando.

Deseaba investigar en la vida de mujeres muy distintas entre sí. «Mis mujeres», como empecé llamándolas hasta que les otorgué nombres. Pretendía que fuera una metáfora de nuestra época en la que las mujeres ocupan su lugar «descentrando» a los hombres. Además, quise concentrar en cada mujer una característica de la mujer actual en una situación típica, pero no tópica.

En este punto radicaba el secreto que me permitiría conseguir una novela rica: sugerente, amena y significativa. De hecho, estaba convencida de que una novela rica insinúa (no explica), trabaja el tema desde una perspectiva particular y universal; que el lector sigue recordando tiempo después de haberla leído y no todos los lectores recuerdan lo mismo.

El desencadenante

✪ Una imagen, una palabra, una idea, un acto, pueden ser desencadenantes específicos de la narración. Provocan la situación clave que se lanza en la primera página. Para ello, es esencial atender a su concentración de sentido.

En mi caso, el desencadenante productivo fue un episodio sintético y puntual, pero sustancioso, cargado de imágenes: una de las mujeres descubre por casualidad que su marido está con otra mujer. Inmediatamente me puse a desarrollarlo en una historia. Mejor dicho, las imágenes mismas desarrollaron las historias potenciales que contenían. Aparecieron sus análogas, sus contrarias, las superpuestas y las interpuestas. Mi misión fue darles un sentido, conectarlas al sentido general que quería darle a esa historia, aunque todavía no supiera cómo la iba a contar. Una vez que la trasladé a la expresión verbal, fue la escritura la que se adueñó de este desarrollo y me ofreció las opciones. Generalmente, este proceso me ocurre siempre: escribo para saber qué quiero o qué puedo escribir.

Procuré tergiversar el tópico de la mujer que descubre que su marido tiene una amante, pero lo aproveché como hilo conductor.

El conflicto de Ava fue productor de la novela. Ella debía y deseaba cambiar, pero no sabía cómo hacerlo. Ni siquiera se lo planteaba. Al asistir a un episodio inesperado y al relacionarse con un ser tan diferente como Cristina, empieza a intuir su propio cambio. En realidad, ambas cambian. Es el lector quien podrá deducir las razones y la forma de estos cambios, gracias a lo que los personajes expresan. De aquí, el título.

A la vez, quise convertir al lector en conocedor del secreto que los personajes no conocen.

Los nombres

✪ El nombre pertenece a cada personaje y lo caracteriza. Conviene saber cómo se llama aunque en la novela no se lo llame por el nombre.

Puede ocurrir que el primer motor de una novela sea un juego, un juego que implica la máxima seriedad.

Así comencé por el nombre. Antes de conocerlas,

nombré a mis personajes cuyas iniciales respondían por orden a las letras del abecedario: A - B - C - D - E..., ¿veintiocho mujeres?

Sin embargo, a medida que comprendía cuál era la historia, el juego se perfiló. Cuatro mujeres se destacaron en el conjunto. A tres de ellas el nombre les iba perfectamente. Otras se fueron. Y algunas se quedaron y cubrieron algunos roles esporádicos.

Entonces *Ava, Beatriz, Cristina y Dina* persistieron como tales. A *Dina* la cambié por *Gladys* a causa de la cacofonía evidente: *Cristina-Dina.* Pero no sólo por esta razón «auditiva», sino porque la personalidad de esta mujer no se ajusta a este nombre musical de cuatro letras. Aún me sigo preguntando si en lugar de *Gladys* debería llamarse *Gloria*, no precisamente por el matiz triunfal de la palabra, sino por la fuerza en decadencia del personaje.

En cuanto a *Ava*, remite a *Alba*, empieza y termina con «a», letra correspondiente a la terminación femenina, (la feminidad está asegurada) e implica aspectos vinculados al personaje (el inicio del día / el asomar de...; composición poética que canta al amor y se lamenta del amanecer por ser motivo de separación de los amantes).

Cristina evidencia los temores de raza de su padre.

Beatriz es una palabra aguda como el personaje.

Una vez nombradas, podía individualizarlas, pensar en ellas, convivir con ellas, ir tras ellas.

El intermediario

✪ Un elemento puede resultar representativo por sí mismo o por el vínculo que cada personaje tienen con él y convertirse en un intermediario del relato: un *leitmotiv.*

El medio más creíble para «mostrar» el episodio fue el televisor encendido. Lo percibía como un *leitmotiv* adecuado y pude establecer la siguiente conexión entre el televisor y cada personaje:

Ava la enciende todas las noches, pero la mira esporádicamente; Gladys la usa al principio como medio de información y después, como compañía (en este punto recordé la historia del anciano que legó su rica herencia a las presentadoras de la televisión pues se sentía acompañado únicamente por ellas); Cristina no la mira; Beatriz la enciende en cuanto entra a su casa y se instala a ver algunos programas y la publicidad mientras prepara la cena.

Luego su aparición se redujo: el escritor propone y la intriga dispone.

El motor encendido

✪ Imposible paralizarse durante el proceso si se plantea bien el inicio. El motor del conjunto debe encenderse en los primeros párrafos.

Es conveniente que una novela concentre su sustancia en la página inicial del mismo modo que en un óvulo fecundado está contenida toda la información sobre lo que ha de ser un individuo. Tanto para recabar datos como para controlar el buen funcionamiento de la trama, el escritor puede recurrir a esta primera página, estrategia que además evita el bloqueo, al otorgar la posibilidad de expandir el concentrado de esos párrafos en lugar de paralizarse frente a la «nada mental».

Todo lo que en *Ava...* sucede en los capítulos posteriores tiene una conexión más o menos sutil con la información inicial. Se inauguran los siguientes nudos narrativos: una necesidad insatisfecha que al final se compensa; un interrogante, que se aclara; una búsqueda, que se ejecuta; un encuentro, que se precipita. Los sentimientos de cada personaje y sus reacciones también se anticipan con algún dato.

El registro de detalles

✪ Para lograr la visualidad de la literatura, hay que prestar atención al peso de los detalles aparentemente insignificantes. Un objeto puede contar parte de la historia.

He procurado escribir una novela que se construyera desde la visualidad y exploré detalles personales, mínimos, rigurosos, que permiten al lector «ver» cada escena.

Para ello, controlé el proceso desde sus orígenes (por ejemplo, me planté en un bar que hace esquina a una hora en que pasaba mucha gente para registrar y tomar nota de la mayor cantidad de detalles observados que me servirían para definir rasgos de mis personajes); escogí las palabras más exactas y no descuidé la atmósfera resultante.

Las fichas de los personajes

✪ La ficha de un personaje reúne su historia preliminar y sus características peculiares. Cuanto más «atiborrada» de datos está una ficha, son más los recursos con los que se puede contar durante el proceso de la escritura.

Esos datos registrados pueden aparecer o no en la novela.

Conocidos los mecanismos que movían a los personajes, pude definir los datos básicos que los diferenciaban y les otorgaban «voz».

Confeccioné las fichas correspondientes que engrosaba y consultaba durante la escritura. Hubo anotaciones de las fichas que más tarde se convirtieron en material de la novela. A la vez, un gran número de datos no aparece (por ejemplo, que Ava se descubre apretando las mandíbulas y hace un esfuerzo por relajarse o que Cristina habla varios idiomas), pero los he tenido en cuenta para hacer hablar o actuar al personaje. Me permitieron averiguar cuáles eran sus motivaciones.

Definí a las cuatro mujeres y me centré en el período correspondiente a los hechos.

Ava actúa (pasa de la dependencia a la búsqueda de libertad).

Tiene 38 años. Aparentemente, no se apasiona, pero muestra su fragilidad interior. Parece que está explorando a qué personas se acerca y de cuáles se aleja. Siempre tuvo dinero, pero no ganado por ella. Se tiñe el pelo. Viste ropa de buena calidad. No trabaja. Le gusta dibujar, pero no lo hace. Si abre un periódico, lee las esquelas.

Cristina analiza (busca la verdad analizando su condición de judía).

Tiene 28 años. Pasiones abiertas y variables, intereses inesperados. Es indiferente al dinero, confía en su creatividad y no falta a sus sesiones de terapia. Tiene un aire distante. Se contonea involuntariamente al andar y sus pasos son sonoros. Muy delgada, labios generosos. Usa ropa escotada aun en invierno. Pelo rojo largo y abundante que suele peinarse con los dedos, tiene un mechón que se resiste a su cauce natural y cae hacia cualquier lado. Es reportera gráfica. Lo primero que mira al abrir un periódico son las noticias nacionales e internacionales y las fotos.

Gladys imagina (va de la independencia absoluta a la necesidad de lazos afectivos estables).

Tiene 38 años. Pasiones contenidas, salvo frente a las causas que implican a otras personas y que considera justas. No se aproxima a la gente, pero espera que ciertas personas se acerquen a ella. Es muy apreciada en su trabajo y organiza muy bien su dinero. Es profesora de matemáticas. Pesa más de lo que le corresponde por su estatura, aunque camina con paso rápido. Lo primero que mira al abrir un periódico es el crucigrama.

Beatriz sueña (pasa la vida buscando al hombre ideal y al fin se conforma).

Tiene 46 años. Se acerca a las personas sin pasión, pero con entusiasmo, y con el tiempo se arrepiente. A veces, suele hacerlo por algún tipo de interés. Anhela tener dinero y siempre tiene deudas. Podría ser camarera de un bar parisino. Cuerpo muy bien proporcionado. Usa flequillo y sombreros, suele vestirse con chalecos cortos sobrepuestos. Le encanta viajar en taxi. Recepcionista de una clínica. Lo primero que mira al abrir un periódico es el programa de televisión y los estrenos de películas, a continuación, el horóscopo.

Están vinculadas por las circunstancias y el proceso que vive cada una durante un lapso aproximado de un año. Comprendí que cada una de ellas podía (en el pasado o en el futuro) asumir el rol de otra.

Cuando me detenía en la narración o no veía claro qué camino tomar, recurría a las fichas.

Poner en movimiento los personajes

✪ El personaje no soy yo (escritor) aunque éste pase por mis emociones y por mi mente. No soy yo porque lo construyo diferente a mí aunque pueda tener algo que me caracterice. Soy yo porque me meto en la piel de ellos, y no ellos en la mía. Distanciarse de los personajes es necesario para poder meterse en la piel diferenciada de cada uno.

A veces conseguí meterme en la piel de un personaje y otras no.

Supe que Gladys estaba atascada en su vida, por ejemplo. Al descubrirlo, me concentré en ella y avancé con el método de las preguntas: ¿dónde podía Gladys tener sensaciones?, ¿frente a quién?, ¿cómo? Paso a paso, y escena tras escena, llegué a la clínica de adelgazamiento de la que Beatriz era recepcionista: debía ser la recepcionista porque era el modo más apropiado para que dos personajes tan distintos como ellas se conocieran y se relacionaran. Supe que Beatriz respetaría a Gladys porque era más culta que ella. Así como me quedó claro que Ava y Beatriz no intimarían.

A cierta altura del proceso, advertí que nunca preparaba preguntas para Cristina. Sin embargo, la advertencia no producía más que un espacio vacío, ¿cómo rellenarlo? Ya vería, debía investigar.

Lo que sí intuí fue el común denominador entre ellas: ninguna podía confundir una arboleda alejada del camino con un castillo. Entendí que no necesitaba un personaje así, que ese personaje pertenecía a otra novela. Y entendí también que esas cosas podían pasarme a mí, pero no a mis personajes. A la vez, a los personajes podían pasarles cosas que me pasaban a mí, pero ellos reaccionaban de distinta manera.

Tuve muy claro que no se debe forzar a los personajes. Por ejemplo, Ava no lloraba nunca. Yo esperaba que llorara para buscar el modo de consolarla, para conmover al lector, pero comprendí que no le iba esta reacción, que es más fuerte de lo que de entrada parece. Ahora tengo la certeza de que si llora no seré yo quien la consuele.

Tampoco se hace preguntas del tipo: «¿No soy suficiente acaso para mi marido?» No se pregunta nada al respecto.

Y Beatriz no se hace preguntas, se le ocurren respuestas.

En realidad, yo no me identificaba con ninguna de las mujeres. Después de un tiempo de rodaje, me pregunté de parte de cuál de ellas estaba, si le otorgaba el poder a alguna y por qué. Pude encontrar la respuesta cuando coloqué el punto final. Se me revelaron dos cosas. La primera: si bien yo estaba de parte de alguna de ellas, no debía notarlo el lector. La segunda: la novela estaba hilada de tal modo que cada lector tomaría partido.

Entonces encaré la revisión con esta convicción.

Relaciones entre los personajes

✪ Según qué diga un personaje de otro, qué haga uno frente a otro o qué piense de él, el lector tendrá una idea más cabal sobre quién es quién.

Al tener listas las fichas y reflexionar sobre los datos que contenían, establecí los enlaces entre las mujeres y los personajes secundarios, incluí a algunos de la primera lista. Por ejemplo, la señora Noelia o Raquel refuerzan a Ava y a Cristina, respectivamente, sirven para descubrir aspectos de ellas, actúan como puente o contrapunto.

Supe que los hombres no tendrían nombre. Se caracterizaron como «el marido de», «el hijo de», o según sus oficios o profesiones. El primero fue «el marido de Ava» (un título posible de la novela).

Analicé qué pensaba una mujer de la otra y qué diría de ella, me imaginé qué le diría en una conversación.

La lectura podía ser un enlace: la oposición principal: A Ava no le gusta leer / Cristina lee mucho / Gladys lee mucho / Beatriz lee banalidades.

La actitud ante los hombres, otro enlace:

A Ava le intrigan más las mujeres que los hombres. Más adelante, ella sabrá qué hombre pretende.

Gladys desea tener un hombre a su lado, pero no consigue «atraparlo». Se conformará con el que sea deferente con ella o con uno imaginario.

Cristina atrae a los hombres sin darse cuenta. El hombre se convierte en la amenaza que Cristina siempre quiso erradicar de su vida.

Beatriz va a la pesca de los hombres.

Estaba tirando, sin tenerlo aún muy presente, del hilo de la trama.

Las acciones y la motivación de los personajes

✪ Los actos que ejecutan los personajes deben iluminar al personaje. Por una parte, hacen lo que hacen porque significa algo en la trama de la novela. Por otra, en todo relato hay una acción principal vinculada al hecho narrado y una serie de acciones explícitas vinculadas a ésta.

Muchos otros actos y vivencias de los personajes podían ser posibles y útiles, pero no aparecen en la novela, aunque sus consecuencias se notan y me sirvieron como datos para caracterizar otras reacciones de los mismos. Algunos de esos actos que yo tenía entre mis notas y no incorporé son:

Ava iba a la misa de los domingos por hábito, pero era consciente de que no sabía qué hacer con las palabras de Cristo y de los apóstoles, le resultaban tan ajenas como la decoración de su sala, las fantasías de su madre o ciertos barrios de Buenos Aires.

Cristina fue a un concierto de música *klezmer*, tras los primeros compases se vio como una judía de la Europa Central y compartió imaginariamente con la abuela la alegría de la música. El espacio se expandió, su emoción ocupó la sala, voló. «La alegría es un dato de mi identidad», se dijo al salir la primera, mientras las voces se multiplicaban en el recinto y ella empezaba a sentirse una extraña.

Cristina puso la radio a todo volumen para no escuchar sus propias fantasías.

Cristina le dijo a Ava que Paul Auster tenía un personaje que era un amigo insustituible que desaparecía y él se veía envuelto en la desaparición. Ava se preguntó por qué se lo decía y se lo tomó como una advertencia que incluía una declaración de amistad.

Gladys ansiaba que Ava la abrazara más fuerte y no se atrevía a pedírselo ni a tomar la iniciativa.

Beatriz temía que el pintor le prestase más atención a

Ava que a ella.

Beatriz soñó que era Ava y se despertó nerviosa.

El ritmo temporal

✪ Establecer la distribución del tiempo y el tiempo aproximado en que se desarrollará la novela es un buen método para poder controlar la coherencia del conjunto.

Una novela lineal suele resultar monótona, monocorde. Para evitarlo, se pueden establecer curvas que rompen la linealidad mediante saltos temporales en la vida de los personajes.

He aquí el trazado de mi plan:

Entendí que la elección de ciertos momentos específicos en la vida de cada personaje es válida siempre que el escritor conozca a fondo los que no incorpora en la novela. ¿Por qué? Porque escribirá con una carga mayor y conseguirá que el lector capte lo no dicho.

En este sentido, me imaginé que mientras yo no estaba pensando en ellos, los personajes continuaban su andadura. De este modo, deduje que escribía para registrar los momentos significativos, conociendo otros que sostenían a aquellos. Confirmé que conocía bien también los que omitía. ¿Acaso la propia vida no se podría narrar siguiendo lo que no se dijo, lo que no se hizo, pero se podría haber dicho o hecho? Las omisiones cuentan.

Una variante del plan:

Escribía cada vez que algún personaje me hacía una señal. O sea: los personajes me advertían que algo pasaba (exterior o interior a ellos) y yo tomaba nota.

Recoger más material

✪ El escritor recoge material constantemente y los canales son impredecibles, como es impredecible la vida.

Lo que me rodeaba pasó a formar parte del mundo novelesco. Más exactamente, ciertos fragmentos de la realidad vivida por mí pasaban a pertenecerle a mis personajes.

Me convertía en médium y tomaba desordenados apuntes. Mientras yo atravesaba un parque, permanecía estática en una cafetería o viajaba por la autopista, el universo fundado estaba en movimiento: recibía las imágenes del mundo real convertida en «procesadora». Un radar natural me advertía acerca del valor de un detalle, de la existencia de un edificio en el que Gladys podía dar clase, de un cielo que podía desear Beatriz o de un bar apropiado para el desvanecimiento de Ava.

Conduciendo el coche por una autopista, me obligué a trabajar la historia mentalmente. Durante el trayecto, «vi» al marido de Ava menos invulnerable que habitualmente, buscándola, sin entender por qué lo hacía.

Trabajé, también en este punto, con el interrogante. Me preguntaba cómo sentía cada una de las mujeres, qué veían y pensaban: ¿qué vería Gladys en este edificio?, ¿qué sentiría Beatriz frente a este cielo?, ¿qué podría estar pensando Ava en este bar?

Revisé qué elementos las diferenciaban. Me metía dentro de ellas. ¿Y si fuese Gladys la que condujera el coche y este sol redondo se le metiera en los ojos, cómo reaccionaría? ¿Cómo reaccionarían las otras en idéntica situación?

Inmediatamente después, mi libreta se cargó de hechos, observaciones, ideas. Unos tejerían la trama, otros serían descartados.

A medida que las conocía más, esta apropiación llegó a asombrarme: a una de ellas, la que yo más rechazaba, le pertenecían reacciones muy mías. Comprendí que la novela suele provocarnos el descubrimiento de aspectos propios. Nos topamos en ese mundo novelesco con la propia identidad.

La investigación

✪ Debe encararse cuando un personaje participa de un mundo o una situación desconocida para el escritor.

Especialmente, centré mi investigación en las necesidades de Cristina. Así investigué textos bíblicos y busqué recetas de cocina significativas. Le envié por correo electrónico a un amigo entendido en el tema, las preguntas que Cristina se hacía. Convertí a mi amigo en personaje, primo de Cristina, y sus correos en las respuestas para Cristina.

Trabajar con conjeturas

✪ Un método de desarrollo de la novela es lanzar conjeturas sobre distintas situaciones posibles cuyos resultados pueden ser la de crear una apertura o descartarla por inservible.

¿Qué pasaría si, por ejemplo, Gladys se dedicase a esperar al pájaro? ¿Y si Beatriz conociera al marido de Ava? ¿Si una de ellas se suicidase? ¿Y si Ava se plantease la separación?

Se abrieron tantos caminos como respuestas que desviaban la novela de su trayecto, pero me proporcionaban nuevas ideas.

Una de esas ideas fue: Gladys podría ponerse a imaginar lo que Ava vivirá a partir de ahora. Preguntarme cómo lo haría me permitió enlazar más hilos a la trama: Gladys se decantó por la escritura de una novela.

Las voces narrativas

✪ El o los narradores producen la narración y dosifican la información. Conviene establecerlos cuando se conoce aproximadamente el material con el que se va a trabajar.

Me pareció acartonada una novela contada desde el punto de vista de la protagonista, y a la vez necesitaba –más a medida que me metía en la trama– que de ella y de las otras se percibieran los sentimientos. Incorporé la visión de distintos personajes. Una novela polifónica.

Decidí que narraría un testigo presencial que no sabía todo. Sin embargo, presentía que el testigo se iba metiendo adentro de cada mujer y desde allí contaba. Una especie de tercera persona que encubría a la primera.

A cierta altura me dije: «No sé bien cuál es la conversación posible entre ellas porque todavía no sé quiénes son ellas».

Debí dejarlas andar para que pudieran hablar.

Las características de Ava, su personalidad dependiente, determinaron que le contara a su amiga Gladys algo de lo que le pasaba, su descubrimiento reciente, no todo, porque esta reserva es el primer indicio de su ansiado cambio. En consecuencia, cuando hablan entre ellas, no están seguras de captar lo que dice una y la otra, y se observan mutuamente.

El problema se me presentó en el tercer capítulo, correspondiente a Cristina. No sabía desde dónde debía contar el narrador. Recurrí a la ficha correspondiente y al método de la pregunta productiva: ¿quién es Cristina?, ¿a quién podría explicarle qué le pasa? Descarté una posible amiga: debía diferenciarse principalmente de Ava.

Las respuestas me proporcionaron la clave: el interlocutor debía ser un terapeuta que nunca aparecería en escena.

Otra contradicción surgió ante la aparición subrepticia del omnisciente. Siempre rehuí un narrador que sabe todo, suponía que yo misma me aburriría. Pero, de pronto, mi narrador explicaba qué sentía el personaje (sin decirlo directamente), cómo había sido su pasado, hablaba de sus miedos (sin nombrarlos), de sus anhelos desconocidos. Sin embargo, demostraba al mismo tiempo que tampoco los conocía él, riesgo de omnisciencia. Recurría a la duda. Entonces, lo acepté como necesario. ¿Pero era omnisciente? Al fin comprendí que era una especie de representante de cada voz, de cada personaje, se metía en cada mujer de la novela (y a veces en el marido de Ava) y así creaba discursos diferenciados.

Tuve cuidado de que en los monólogos de los personajes no se inmiscuyera la voz de la autora.

El ambiente

✪ La ambientación cumple funciones variadas: produce una atmósfera, permite expresar sentimientos, sensaciones, clase social, estados, etc. Se recortan fragmentos que den cuenta de la totalidad.

A cada mujer, le corresponde un tipo de vivienda. Las situé en Buenos Aires porque el conflicto que vive Cristina puede darse especialmente allí con esas características. Además de la búsqueda del lugar apropiado y peculiar, me remití a la situación lógica: la casa lujosa en contraposición con la pensión económica y con el piso convencional, el bar para un encuentro o una espera, interiores o exteriores según la ocasión. Procuré que las cosas pasaran también en sitios muy estáticos como un cementerio (donde por contraste se indica movimiento) o dinámicos como un tren (donde se muestra la detención).

La trama

✪ Es la articulación total. Incluye una serie de nudos de los cuales provienen los hilos invisibles que mencioné anteriormente. No pueden quedar cabos sueltos pues entonces la novela haría agua y el lector zozobraría.

Dos historias paralelas: la de Ava y la de Cristina debían formar parte de la misma trama. ¿Cómo conseguirlo sin que el conjunto resultara forzado?

Los hilos que convergían en Ava: su marido, Cristina, Gladys.

Los hilos que convergían en Cristina: su novio, Beatriz.

Los nudos que unían esos hilos: el marido de Ava y después Ava.

La historia de Cristina se implicó y se impuso en la trama al proyectar ella lo ineluctable de su origen en el marido de Ava.

Gladys es un puente: proyecta su ansia de afecto en Ava a la que trata como a un ser menos experto que ella, maleable, intenta manipularla como lo ha hecho siempre con buena intención, pero ahora se le escapa.

Beatriz es el opuesto a Cristina y deposita su insatisfacción en ella.

En consecuencia, podía sospechar qué personajes resolverían los cabos finales y cómo.

Si la trama está bien tendida, le permite al lector adivinar. Le permite intuir las causas que no se deben explicitar en la misma o lo que los personajes podrían hacer aunque no lo hagan, el antes y el después del personaje. El antes va ligado a sus motivaciones; el después, a lo que sería coherente que hiciera.

Por ejemplo, el lector podría imaginar qué tipo de cosas apuntaría Ava en su diario si llevara un diario o cómo mira Cristina cuando habla. Y, evidentemente, sabrá así qué podría pasar una vez leída la última línea de la novela.

En *Ava...*, todo esto es posible.

La progresión narrativa

✪ La vinculación significativa entre la articulación entre párrafo y párrafo, los capítulos, y la transformación de cada personaje a lo largo de la historia producen la progresión narrativa vinculada al ritmo de la novela, que numerosos autores inscriben en un tipo de ritmo musical, una sinfonía, los compases de un tango o del jazz.

En cuanto a la progresión narrativa de cada personaje, el lector podría separar los datos correspondientes a cada una de las mujeres y tendría una historia que crece, aunque lo que le ocurre a una en contraste con las otras también genera una progresión.

En cuanto al ritmo, el narrador correspondiente pasa de una acción rápida a una reflexión, por ejemplo. Explora un pensamiento o una reacción del personaje y sus consecuencias, que en muchos casos pueden notarse en capítulos posteriores.

Otra opción que se me impuso durante la escritura y con la que me divertí mucho: determinados elementos o pequeños hechos reaparecen en distintos capítulos (por ejemplo, la novela policíaca que pasa de una a otra mujer) y establecen conexiones más o menos visibles entre ellos creando un entramado que hace cómplice al lector.

Los capítulos

✪ Un capítulo es una totalidad ligada a otras totalidades por algún indicio. El inicio debe ser atrapante. El final remata y abre una puerta hacia otra cosa.

¿Cuál era el inicio y cuál el final de cada capítulo?

Los personajes me dictaron las escenas iniciales y finales. Escogí, de lo que estaban viviendo, lo más significativo. Para el inicio, me preocupé de que fuera una nueva acción, pero que contuviera un detalle conocido para el lector, de modo que pudiera asociarlo con lo anterior. Para el final, una frase contundente surgió siempre con naturalidad, como si el personaje me dijera: «Hasta aquí llegué».

Sin duda, preguntarles a los personajes evita las frases forzadas y las explicaciones inútiles.

El título

✪ Dado que sintetiza la totalidad, el título se determina al final. No debe anticipar este final y debe ser sugerente.

Ava lo dijo después contiene la idea completa. Es una matriz.

En cuanto a los capítulos, titularlos fue como crear la cartografía de la novela. El conjunto funcionó como una guía orientativa para mí –cada título, el eslabón de una cadena– y un guiño para el lector.

Corregir

✪ Dejar descansar y controlar es lo que cabe. Luego, reemplazar y eliminar son las reglas de oro, pero también se puede agregar.

La dejé descansar y rellené después los huecos. Pero, atención: tuve claro que no se trataba de rellenar con cosas que pertenecerían a otras novelas.

Subsané errores que arrastré durante varias páginas, y que me obligaron a volver atrás y rehacer. (Condición esencial en una novela: Cada elemento, cada incidente, debe cumplir una función en el conjunto).

Para corregir, controlar

A medio camino de la novela, me dediqué a controlar el léxico utilizado.

Conté los adjetivos. Me alegré al comprobar que estaban los necesarios, y no más.

En muchos fragmentos, comprobé que usaba siempre las mismas palabras. El léxico poco preciso me abrumaba. Releí buscando que las palabras dijeran únicamente lo que debían decir y no un sucedáneo bonito o cómodo.

Reemplacé aspectos atribuidos a uno u otro personaje que resultaban poco creíbles. (Condición esencial en una novela: los personajes deben ser creíbles).

Por ejemplo, el marido de Ava es dominante, no considera a su mujer un ser independiente. Por lo tanto, no puede «creer» en una reacción específica de ella sin intentar desmantelarla o desvalorizarla. El reemplazo pertinente fue el siguiente:

Él creyó que se hacía la interesante, no se animó a decirle nada y se durmió frente al televisor encendido.

por

Se durmió frente al televisor encendido.

Agregué. Faltaban detalles que señalaran Buenos Aires como lugar en el que ocurren los hechos. Agregué uno y otro dado que en mi mente se superponía con Barcelona, donde vivo.

Eliminé. Aparté los sobrantes de la trama.

Dejé afuera bastante información bajo el epígrafe de «sobrantes». Decidí que lo expuesto ofrecía un campo de sugerencias que permitía al lector completar esa información. Por ejemplo, de Raquel hubiera podido decir que una rama de su familia era gente culposa por haberse salvado del Holocausto, temerosa, que desconfiaban cuando alguien hablaba bien de ellos, pero tenían sus motivos, eran polacos escapados del gueto de Varsovia, habían tenido que asimilarse, negar su condición de judíos, como muchos otros, aunque sus descendientes siempre acaban averiguando que lo son y admitiéndolo de buen grado. También tenía buen material en su otra rama parental. Pero Raquel hubiera adquirido mucho protagonismo, me hubiera ido a otra novela. Lo sinteticé en ese comentario que le hace a Cristina: *¿Por qué no firmas Kristina con K, en polaco?*

Sinteticé reflexiones innecesarias.

De:

Haber nacido el mismo año. Vivir en el mismo lugar. Compartir paisajes pensando que una hacía el mismo proceso que la otra. Equivocándose por hablar a veces más de las anécdotas que de lo que sentían sobre esas anécdotas.
El espacio es relativo. El tiempo es absoluto. Un lugar se puede reinventar en otro; un tiempo, no. (Referidas a Ava y Gladys).

Sólo dejé:

Haber nacido el mismo año. Vivir en el mismo lugar.

Eliminé un capítulo, que después de darle vueltas como capítulo accesorio, lo separé como un relato, para lo cual cambié los nombres de los personajes, *Ava* por *Sara*; el marido de *Ava* por *David*; a *Mónica* la dejé como *Mónica*, y el marido de *Mónica* por *Pedro*.

La atmósfera que envuelve a los personajes de este relato me sirvió después para reforzar la relación entre ellos en la novela.

El relato es el siguiente:

El viaje

Sara y David habían conocido a Mónica y Pedro en la piscina de un hotel. Al volver de aquellas vacaciones, Mónica había visitado a David en su despacho e hicieron el amor en el sillón giratorio. Desde entonces tenían encuentros clandestinos.

Esa tarde, David le habló a Mónica de un viaje a su pueblo por un asunto inmobiliario y a ella se le ocurrió que podían ir los cuatro en tren. A él le excitó la idea de com-

partir un trayecto largo, y aceptó. Planearon un encuentro casual que se produjo en el compartimiento.

Mónica levantó la cabeza de la revista y fingió sorpresa al verlos, tal como habían acordado. Su aspecto, contrastante con el anodino de su marido alertó fugazmente a Sara, pero no lo exteriorizó. Se limitó a una mirada casi indiferente sobre el vestido muy ceñido de Mónica, el exagerado escote en v, las víboras de los pendientes y las botas rojas de tacón, como el bolso.

Al cabo de una hora, el revisor les anunció que estaba abierto el restaurante. Los cuatro se pusieron de pie, Mónica se estiró la falda hacia abajo y encabezó el grupo.

Ocuparon la única mesa libre. Volvieron la cabeza hacia la ventanilla mientras esperaban al camarero. Parecía que no pensaban en nada o que pensaban lo mismo.

–De noche todos somos dramaturgos –sentenció alguien desde otra mesa.

Mientras jugueteaba con el anillo, Mónica afirmó que esa frase la había escuchado en otro lugar, pero no recordaba dónde. Habló mirando a David que lo corroboró diciéndole que era de un poeta de principios de siglo del que no recordaba el nombre.

Sara pensó que su marido no era un gran lector y que la cita sería inventada, pero se lo calló.

Mónica buscó el rouge en el bolso y se retocó los labios. Iba sentada frente al marido de Sara, que se dejó llevar por el movimiento del tren y con su rodilla le tocó la rodilla por debajo de la mesa, mientras preguntaba si deseaban más vino.

–De todos modos, la noche ya no será la inspiradora de los artistas. Actualmente, con la informática se pueden simular los paisajes más raros –dijo el marido de Mónica continuando el tema.

–¿Usted está en contra de la informática? –le preguntó Sara.

–Figuras de fascinante misterio son producidas por un ordenador, pero nada iguala al hombre –se superpuso

Mónica, ignorándola y realzando especialmente la palabra «misterio».

David se apresuró a respaldar a Mónica.

–Claro, los filósofos lo reconocen –dijo.

Sara le observó esa expresión de águila que lo igualaba tanto a su suegro.

–Evidentemente, hemos hecho lecturas análogas –terció Mónica haciendo un mohín con los labios demasiado pintados.

–¿El artículo que salió en el suplemento del domingo? –dijo Pedro sin obtener respuesta.

El tren pasaba por un túnel y se apagaron momentáneamente las luces. David acarició las piernas de Mónica hasta donde pudo, con su mano izquierda; la derecha reposaba sobre la mesa, preparada para convertirse en barrera si Sara se acercaba. No hablaban. Sara desvió su atención hacia la mesa vecina en la que alguien encendió un mechero y bebían cerveza; se preguntó si serían felices. Cuando se encendieron las luces, las manos de los cuatro estaban a la vista. Mónica bebió un buen trago de vino. Los de la mesa vecina gesticulaban y canturreaban en alemán.

–Qué escándalo –dijo Mónica.

–Hay quienes eligen el escándalo para vencer el miedo –lanzó al vuelo David y Sara recordó que eso lo decía su suegro.

–A Dalí le achacaban algo así. Sus escandalosas reacciones escondían un temor incontrolable –dijo Pedro.

–Pero Dalí la tenía a Gala –lanzó Mónica con picardía y se levantó para ir al lavabo.

–En el fondo, uno está siempre solo –dijo Pedro–. Aunque uno está solo o se siente solo, son dos cosas diferentes –añadió y desvió la cara hacia fuera. Agregó algo sobre el mar que estaba más oscuro que la noche.

Hacía rato que el tren bordeaba la playa. Salió despareja la luna por detrás de las rocas. Mónica volvió tarareando la canción de los alemanes. No podía estarse quieta, se quitaba y se ponía un pendiente, revisaba el bolso, movía el pie. Giraban las vías en las curvas. Podían ver la locomo-

tora al principio de una curva y después desaparecer. Mónica tironeó de su bota y se la quitó, esperó un rato y palpó la pierna de David con el pie descalzo. Él tecleó en sus dedos como en un piano, siguiendo el ritmo del canturreo de ella. El tren avanzó perezoso durante un trecho. Sin soltarle el pie, dijo que ése parecía uno de esos trenes de las películas antiguas. A continuación, empezó a contar una película de Steinberg que habían pasado por la televisión unos días atrás. Sara agregó que actuaba Greta Garbo y que hablaba una sola vez.

–¿Y qué dice? –le preguntó David, contrariado por la interrupción y dejando caer el pie de Mónica.

–«Sírveme otra copa de whisky».

–¿Cómo lo sabes? Si tú dormías...

–A veces no duermo del todo.

Mónica lanzó una carcajada nerviosa, se echó aire con la servilleta, se calzó la bota. Se incorporó, intentó bajar la ventanilla, forcejeaba, los pechos le saltaban desacompasados.

–El vino la pone así –dijo categórico Pedro.

–¿Así, cómo? –dijo David y siguió contando la película.

Indiferente, Pedro miró la luna que avanzaba paralela al tren.

–Fíjese –le dijo a David, que se sobresaltó–. Aquí tiene otra película.

–¿A qué se refiere?

–Al paisaje. Mire: transcurre, como una película. La luna cambia de formas y de caras, podrían ser los buenos y los malos.

Se asomó y anunció que ya estaban llegando.

Unos minutos después estaban de vuelta en el compartimiento. Prepararon el equipaje y se despidieron. Volverían a encontrarse después de dos días para volver en el mismo tren. Sara y David continuaron hasta el final del trayecto. El resto del viaje hablaron lo imprescindible.

En el tren que los llevaba de regreso, se quedaron en el compartimiento y Sara se adormeció. Soñó que tenía un amante. Estaban abrazados entre dos peñascos, ocultos a la orilla del mar. Pero de repente aparecía su marido. Corrían, se subían todos a un tren. El amante la arrastraba con él hacia las vías cuando entraron Mónica y Pedro y se despertó.

En la novela, este relato independiente queda reducido a:

Se estaba pasando la toalla entre los dedos de los pies a la vez que le proponía una salida con Mónica y el marido, la pareja que habían conocido en un hotel de descanso.

Busqué más informaciones en las que podía no haber reparado. Un ejemplo:

Partí de pistas como éstas: Beatriz no puede soportar el dedo del hijo en el cuello de la novia. Y me pregunté: ¿Qué sentimientos le provoca? ¿De niña se aferraba al cuello de su padre? ¿Acaso ningún hombre le satisface en la persecución de la piel originaria, un olor, una tersura, un modo de contacto? ¿De dónde le viene el deseo de que le soben la espalda?

Y si bien las respuestas constituían un material muy interesante, tuve claro que hubiera sido forzado incorporarlo.

Probé. Hubo otras ideas que me hubiera gustado desarrollar. Por ejemplo, poner al final de cada capítulo los datos que incorporaría Gladys para escribir la novela desde su punto de vista. O las frases que guardé y que podrían encajar en alguna parte, para que el lector las utilizara a gusto. O tantas palabras que quedaron fuera pese a mi atracción por ellas. Probé su inclusión, pero se desequilibraba el conjunto. (Condición esencial en una novela: la armonía entre sus partes).

Finalmente, cuando entendí que la novela había terminado, presentí que los personajes seguían hablando entre ellos.